사랑,
닿지 못해 절망하고
다 주지 못해 안타까운

사랑,

닿지 못해
절망하고
다 주지 못해
안타까운

최유경 지음

21세기북스

나의 슬픔과 고통을 대신 짊어져 준 그대에게,
사랑이라는 기적이 이루어지길 빌며……

_____ 드림

나의 소원은 단 세 가지다.
디에고와 함께 사는 것,
그림을 계속 그리는 것,
혁명가가 되는 것.

프리다 칼로

내게 사랑은
증오였으며 기쁨이었다

Frida Kahlo
and Diego Rivera

프리다 칼로
1907년 7월 6일 ~ 1954년 7월 13일

니콜라스 머레이가
프리다 칼로와 사랑에 빠졌을 때 촬영한 사진이다.
사진작가의 감정은 카메라를 통해 사진으로 전해진다.
그래서인지 니콜라스 머레이의 사진들 속 프리다는
어느 사진에서보다 아름답게 보인다.

화살 하나

여섯 살, 척수성 소아마비가 나를 덮쳤다. 꼼짝도 못한 채 방 안에만 갇혀 지내야 했다. 끊임없는 고통, 견디기 힘든 아픔, 어린 나이에 감당하기엔 버거웠다. 하지만 그 모든 것보다 적막감이 날 짓눌렀다. 내 곁에는 아무도 없었다.

어머니는 항상 바빴다. 실직 상태나 마찬가지인 아버지 대신 살림을 꾸리느라, 연이어 태어난 동생들을 돌보느라, 나에게 젖조차 제대로 물리지 않았던 어머니. 어머니는 내 존재를 잊어버린 듯 했다.

나에겐 어머니가 없었다. 그저 '나의 주인님'이 있을 뿐이었다. 두 명의 언니와 세 명의 여동생 중 그나마 나와 놀아주던 언니 마티타까지 가출해버렸다. 육체의 아픔보다 외로움이 더 컸다.

호오…… 입김을 불면 유리창에 하얗게 입김이 서렸다. 하얀 유리창에 손가락으로 커다란 문을 그렸다. 상상 속에서 난 그 문을 열고 나가 핀손이라는 우유판매점까지 뛰어갔다. 핀손Pinzon의 'o'를 통과하여 지구 한가운데까지 내려가면 항상 나를 기다리고 있는 친구가 있었다. 내 비밀을 듣고 소리 없이 웃어주는, 전혀 무게가 나가지 않는 것처럼 나풀나풀 춤을 추는 나만의 친구……. 그 친구와 함께 춤을 출 때면 모든 것을 잊어버렸다. 나에게 무관심한 가족들도, 점점 뒤틀리고 여위어가는 아픈 다리도. 하지만 눈을 뜨면 하얗게 서렸던 입김도, 그 위의 문도 사라지고 없었다.

난
혼자서
절뚝이며
침대로 돌아가야만 했다.

아픈 하루, 쓸쓸한 하루, 고통스러운 하루하루…….

그렇게 9개월이란 긴 시간이 지나서야 집 밖으로 나올 수 있었다. 하지만 뒤틀리고 바싹 여윈 짧은 다리는 절뚝절뚝, 집 밖에서도 나를 외롭게 만들었다. 그 다리를 가리기 위해 평생 긴 치마만 입었다. 나도 알고 있었다. 아무리 긴 치마를 입어도 다리를 저는 것까지 숨길 수는 없다는 걸. 아무리 화려한 치마를 입어도 내 상처를 지울 수는 없다는 걸.

나의 탄생 1932년, 금속판에 유채, 30.5×35cm, 마돈나 소장

프리다는 자신을 잉태한 유일한 화가이다.
– 롤라 알바레스 브라보

아무도 없는 병실, 죽은 어머니의 자궁에서 힘들게 빠져나오는
프리다를 벽에 걸린 마리아가 안타깝게 바라보고 있다.
프리다는 태어나기 전부터 삶의 고통에 이미 지친 듯하다.

화살 둘

열여덟 살, 산후안 시장으로 가던 길, 내가 탄 버스와 전차가 충돌했다. 버스의 쇠기둥이 날 덮쳤다. 차가운 쇳덩이는 내 왼쪽 옆구리에 박혀 자궁과 질을 꿰뚫고 허벅지로 빠져나왔다.

요추, 쇄골, 늑골, 골반, 다리와 발……
온 몸이
빠짐없이
셀 수도 없이
부러지고 짓이겨졌다.
난 완벽하게 부서져버렸다.

하반신은 완벽하게 마비되었다. 절뚝이면서 걸을 수조차 없었다. 아니, 편안히 누워 있을 수조차 없었다. 한 달이 넘게 석고틀 속에 갇혀 있고 나서도 침대에 묶여 있어야만 했다. 밤이 되면 죽음의 신이 내 주변을 맴돌았다. 걸을 수 있을지도, 아이를 가질 수 있을지도, 다시 의학을 공부할 수 있을지도, 모든 것이 불투명했다.

난 죽음의 신을 두려워하지 않았다. 오히려 죽음을 신을 조롱했다. 농락당한 죽음의 신이 벌을 내린 걸까? 내 상태는 조금도 좋아지지 않았다. 그래도 내 곁에는 알렉산드로가 남아 있었다. 상상 속의 친구가 아닌 숨 쉬고, 말하고, 미소를 짓는 나의 첫 사랑 알렉산드로 고메스 아리아스. 난 침대에 누운 채로 알렉산드로에게 편지를 썼다. 지독한 고통을 참으며 내 사랑을 편지에 담아내려 노력했다. 어머니와 이모의 끈질긴 반대를 무릅쓰고 나와 사귀었던 알렉산드로였다. 하지만 그의 방문도, 그의 답장도, 점점 뜸해졌다.

아버지는 혼자 있는 나를 위해 천장에 이젤과 거울을 달아주었다. 난 침대에 묶인 채로 힘겹게 그림을 그렸다.

뚝, 뚝,
떨어진 물감이 내 몸을 타고 내렸다.
흔들, 흔들,
천장에 매단 이젤은 불안하게 흔들렸다.

그렇게 완성한 내 첫 번째 그림,
자화상.

나는 너무나 자주 혼자이기에, 그래서 내가 가장 잘 아는 주제이기에, 나를 그릴 수밖에 없었다. 알렉산드로가 그 그림을 보고 내 상처를, 내 절망을, 내 아픔을 이해해주길 바랐다. 하지만 18살의 난 하고 싶은 것도 많고, 가고 싶은 곳도 많은 나이였다. 침대에 묶여 있는 나는 그와 함께 할 수 없는 것이 너무 많았다. 연민과 동정심으로 그가

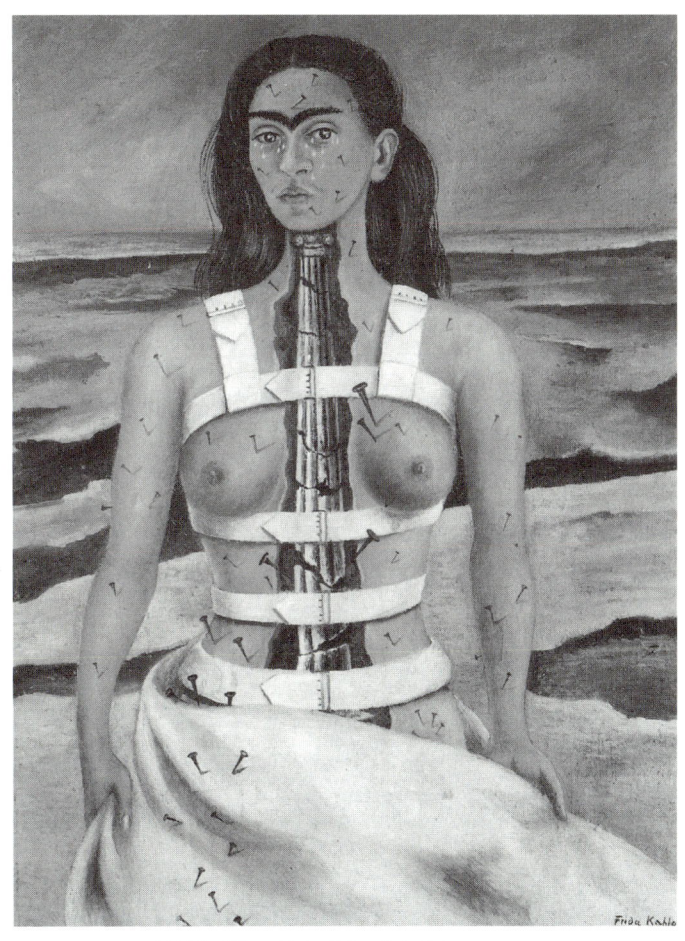

부서진 기둥 1944년, 캔버스에 유채, 40×30.5cm

나는 병이 난 것이 아니라 부서졌다.
그러나 그림을 그리는 동안만은 행복하다.

내 곁에 머물렀던 3년, 그 오랜 시간만으로도 충분했다. 스물한 살, 드디어 알렉산드로와 난 온전히 친구가 되었다.

기나긴 투병생활…….
다시 날 집어삼키려는 외로움이 두려웠다.

혼자 있는 게 싫어서 가족을 그리고 친구를 종이에 담았다. 정물화 따윈 싫었다. 비록 숨을 쉬지는 못해도 인간의 모습, 내 곁에 머물렀던 사람을 그리고 싶었다. 그렇게 그림 속에 그들을 담으면 아직 내 곁에 있는 것만 같았다.

화살 셋

스물두 살, 멕시코의 영웅 디에고를 만났다. 골수 공산주의자, 뚱뚱하고 못 생긴 두꺼비 같은 남자, 스무 살이나 나이가 많은 남자, 그럼에도 불구하고 복잡한 여자관계를 가진 남자, 네 아이의 아버지인 남자, 이미 두 번의 결혼을 했었던 남자, 그리고 아직도 결혼을 한 상태인 남자, 디에고 리베라.

하지만 이 모든 악조건에도 불구하고 어느새 그 남자를 사랑해버리고 말았다. 가족과 친구들의 반대는 예상했고 당연했다. 그래서 무시했다. 결국 아버지도 받아들일 수밖에 없었다. 내 치료비로 인한 재정적인 압박이 심각했으니까.

행복하다고 믿었다.
행복할 수 있다고 믿었다.

디에고를 위해 살았다. 디에고가 좋아하는 대로 살았다. 머리카락을 기르고, 테우아나족 원주민의 옷을 입고, 디에고를 위해 밥을 하고 빨래를 했다. 서기장이었던 디에고를 제명한 공산당 친구들과 인연을 끊었다. 내가 그림을 그리는 것보다 디에고가 그림 그리는 것을 바라보는 게 더 행복했다.

디에고는 나의 집,
디에고는 나의 아이,
디에고는 나의 애인,
디에고는 나의 친구,
디에고는 나의 동료,
디에고는 나의 남편,
디에고는 나의 어머니,
디에고는 나의 아버지,
디에고는 나의 아들⋯⋯.
그는 나 자신이며 나의 우주였다.

화살 넷

스물세 살 첫 번째 임신, 스물다섯 살 두 번째 임신, 끔찍했던 교통사고와 선천적인 골반장애는 내게 아기를 허락하지 않았다. 그래도 디에고의 아들을 갖고 싶었다. 세상의 모든 신께 빌었다. 깨어 있는 매 순간 기도했다. 스물일곱 살 세 번째 임신, 오랜 기다림 끝에 태어난 아기는 죽어 있었다.

고통은 찬란했고, 아이를 원치 않았던 디에고는 무관심했다. 오히려 침울한 내가 싫다며 날 버려둔 채 밖으로만 떠돌았다.

어머니는 폐암으로 죽었다. 아버지는 치매 증상을 보였다. 그리고 디에고는 바람을 피우기 시작했다.

낯선 땅, 낯선 언어, 아무도 없는 이곳. 미국의 병원이든 멕시코의 병원이든 내 자궁 안을 헤집는 기계들은 황량하고 차가웠다. 그렇게 나는 홀로 유산과 출산의 고통을 겪었다. 그리고 디에고의 아들을 가지려는 소망이 절망으로 끝나는 것을 견뎌야 했다.

나의 꿈은 늘 악몽으로만 끝이 났다. 그래도 희망이 있을 거라 생각했다. 다시 아기를 가질 수만 있다면······.

화살 다섯

디에고와의 결혼생활은 항상 허기졌고 그리웠다. 그래도 디에고의 아내가 된다는 건 세상에서 가장 경이로운 일이었다. 그래서 디에고가 나에게는 두 번의 큰 사고가 있었다.
하나는 버스의 충돌사고이고, 다른 하나는 당신을 만난 것이다.
열여덟 살에 부서진 척추로 인해 20년 동안 움직일 수 없었다.
하지만 당신과 만난 것이 훨씬 더 나빴다.

프리다와 디에고 1931년, 캔버스에 유채, 100×78.8cm

다른 여자들과 관계를 맺어도 그냥 내버려두었다. 사실 디에고는 그 어떤 여자의 남편도 아니고 그렇게 될 수도 없었다. 디에고가 만나는 여자들이 어떤 사람인지 궁금하지도 않았다. 어차피 낯선 타인이었다. 계속 그 여자들에 관해 아무것도 모른 채 타인으로 살아가고 싶었다. 하지만 크리스티나. 내가 가장 좋아했고 나와 모든 것을 함께했던 나의 여동생. 크리스티나는 내 사랑까지 함께하고 싶었던가 보다.

디에고의 오랜 버릇이었다, 연인의 자매나 친구와 바람을 피우는 것은. 버릇이라고밖에 표현할 길이 없다. 너무나 자주, 너무나 많이 일어났던 일이었으니까.

알고 있었다, 사랑하는 이의 모든 인간관계를 파괴하는 그의 성향을. 이해하려 애썼다, 사랑하는 이를 가장 고통스럽게 하는 그의 잔인한 성격을. 하지만 알고 있다고 해서, 이해하려 노력한다고 해서, 상처의 쓰라림이 덜어지지는 않았다. 디에고를 위해 길렀던 머리카락을 짧게 잘랐다. 하지만 디에고를 향한 사랑은 잘라낼 수 없었다.

디에고는 한여름의 폭설이었다.
황당하고 억울하지만,
어쩔 수 없이 흠뻑 젖어 떨고 있어야 하는.
난 그저 쏟아지는 눈을 맞고 서 있었다.
피할 수도 도망칠 수도 없었다.
그 눈보라를 사랑했으니까.

디에고는 그런 우리의 상황을 자랑스럽게 떠벌이고 다녔다. 세상 모두가 내 비참한 결혼을 동정했다. 세상 모두가 내 끈질긴 사랑을 안타까워했다. 아무리 간절한 사랑이라도 타인의 사랑은 순간의 가십거리일 뿐이었다. 그 무엇도, 어느 누구도 위안이 될 수 없었다.

결국 집을 나왔다. 디에고를 떠나고 싶었다. 그 절망스런 사랑에서, 그 고통스런 사랑에서 도망치고 싶었다. 하지만 난 이미 폭설을 맞은 후였다. 이미 그 눈보라에 흠뻑 젖은 후였다. 갑작스런 폭설을 피할 수 없듯이, 나는 디에고를 떠날 수 없었다. 누군가의 이해를 구하는 것조차 우스운 잔인한 운명이었다.

이혼을 요구한 것은 오히려 디에고였다.
당시 열애 중이던 여자와 동거하기 위해서였다.

화살 여섯
스물여덟 살, 일본 태생의 조각가 이사무 노구치와 사랑에 빠졌다. 하지만 그 남자는 디에고의 협박에 겁을 먹고 달아나버렸다. 30살, 망명한 러시아 혁명가 트로츠키와 사랑에 빠졌다. 트로츠키와 지낼 밀실을 꾸미고 그 청구서를 디에고에게 보냈다. 내가 느꼈던 고통을 그에게도 겪게 하고 싶었다. 오랜 시간이 지나도 극복하지 못했던 불륜이 내게 준 고통, 이를 트로츠키의 부인 역시 똑같이 겪고 있다는 건

내 마음 속의 디에고
1943년, 캔버스에 유채, 76×61cm, Gelman Collection, Mexico City

이 그림만큼 사랑을 잘 표현할 수 있을까?

디에고는 프리다의 얼굴에 아로새겨져 있다.

사랑이란 그렇게 얼굴에 새겨져 잊을 수 없는 무언가이다.

거울을 봐도 내가 아닌 그 사람이 보이는…….

무시했다. 유부남과의 사랑이 아름다울 거라고 기대할 만큼 어리석지는 않았다. 그저 사랑에 빠져 있다는 것만으로도 설레었다. 누군가의 곁에 있다는 사실만으로도 따뜻했다.

내게 있어 인생이란
사랑을 나누고, 목욕을 한 후에 다시 사랑을 나누는 것이다.
그 순간에는 내가 살아 있음을 느낄 수 있었다.

하지만 '칼로는 나에게 아무것도 아닌 존재다'라는 말을 남긴 채 트로츠키는 날 떠났다. 그리고 얼마 후 스탈린이 보낸 자객에 의해 암살되었다.
서른한 살의 젊은 사진작가 니콜라스 머레이와 사랑에 빠졌다. 그리고 금세 이별이었다. 내게 사랑은 항상 그 모양이었다. 여자와 사귀기도 했고, 어린 남자와의 섹스에 빠지기도 했다. 하지만 결말은 항상 같았다. 무거운 내 인생과 달리 내 사랑은 항상 가볍게 날아가버렸다.

어쩌면 내게 사랑은
디에고와 동의어였는지도 모른다.
고통스럽고 절망스러워 나 자신을 부수어버리고 싶은 저주……
나의 디에고.

내 몸은 디에고를 떠났어도 내 영혼 깊은 곳의 디에고는 떠나지 않았다. 다른 이와 사랑에 빠진 순간에도 디에고는 내 곁을 맴돌았다. 어쩌면 다른 이를 사랑한다고 착각하고 싶었던 건지도 모른다. 사랑할 만한 이유가 충분한 사람이 바로 곁에 있는데도, 사랑하지 말아야 할 모든 이유가 있는 디에고의 생각에서 헤어나올 수 없었다.

그래서였다. 끊임없이, 보란 듯이, 다른 이들과 사랑에 빠졌다. 디에고가 저질렀던 처절한 배반 따위는 겪게 하지 않을, 디에고가 주었던 잔인한 고통을 따뜻이 위로해줄 수 있는 사람과 함께하고 싶었다. 하지만 그 모든 순간에도, 난 디에고를 사랑하고 있었다.

눈물이 멈추지 않아도,
그 핏빛 눈물로 온몸이 피범벅이 되어도,
그 검붉은 눈물이 상처에 스며들어 쓰라리고 아파도,
그 사람의 곁을 떠날 수 없는 것.
그 사람의 곁에서 그 아픔을 견뎌야만 하는 것.
내게 사랑은 언제나 검붉은 핏빛의 디에고였다.

서른세 살, 디에고의 생일날 결국 난 디에고의 곁으로 돌아왔다. 서로 경제적으로 상대방에 대한 독립성을 존중할 것, 디에고의 문란하고 복잡한 여자관계를 모두 정리할 것, 그 외에도 수많은 조건을 내세웠다. 그 조건이 지켜질 거라고는 단 한 순간도 믿지 않았다. 하지만 돌아와야 했다. 그래도 돌아올 수밖에 없었다.

내 예상은 적중했다. 디에고는 여전히 불성실한 남편이었다. 내 친구였던 영화배우 마리아 펠릭스를 시작으로 디에고의 불륜은 다시 계속되었다. 하지만 그렇더라도 난 그의 곁을 떠날 수가 없었다. 그래서 디에고가 변할 거라는 희망을 떠나보냈다. 모든 희망을 버리고서라도 그의 곁을 지키고 싶었다.

사랑······?

누구에게나 물음표인 그것······.

하지만 내겐 한 번도 의문형일 수 없었던 단어,

사랑······,

그것은

디에고였다.

화살 일곱

서른네 살, 아버지가 죽었다. 독일 출신 유태인으로 예술가이자 전문 사진사였고, 성품이 너그러웠으며 명석했던 나의 아버지, 기예르모 칼로. 60년 동안 간질로 고생하면서도 결코 일을 멈추지 않았고, 용기 있게 히틀러에 맞서 싸웠던 아버지.

나에게 사진기 다루는 방법을 알려주었던 아버지. 나와 함께 고고

학과 예술에 대해 토론했던 아버지. 병원 침대에 묶여 있는 나에게 거울과 화판을 달아주며 그림을 그리라고 격려해주었던 아버지. 날 영원히 사랑하고, 내 곁에 영원히 있어줄 거라 믿었던 내 아버지가 사라졌다. 그리고 내 건강은 다시 악화되기 시작했다.

화살 여덟

석고와 가죽 코르셋은 더 이상 내 몸을 지탱하지 못했다. 강철 코르셋으로 겨우 상반신을 지탱했다. 내 삶의 무게에 비하면 가벼웠다. 내 삶의 저주에 비하면 견딜 만했다. 열 번에 가까운 척추 수술을 받고, 발가락도 잘라냈지만 고통은 잘라내지 못했다. 나의 첫 멕시코 전시회. 난 일어나 앉을 수조차 없어 침대에 누운 채 실려 가야만 했다. 그리고 누운 채로 사람들과 술을 마시고 떠들었다. 그렇게 눕혀진 채로 노래를 부르고 춤을 추며 즐겼다. 얼마 후 오른쪽 다리를 잘라냈다. 나에겐 날 수 있는 날개가 있으니 다리 따위는 필요 없었다. 폐렴 때문에 숨쉬기조차 힘들었다. 그래도 나의 정치적 신념을 위해서 휠체어를 타고 공산주의자 시위에 참여했다. 소나기를 맞아 아직 완치되지 않은 폐렴이 재발했다. 유일한 희소식은 이제 내가 참는 데 익숙해졌다는 것이다.

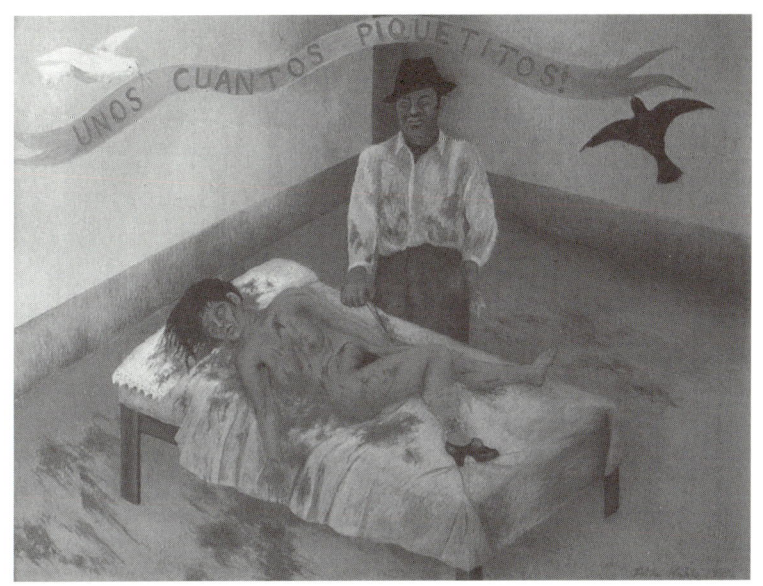

몇 개의 작은 상처들 1935년, 금속판에 유채, 29×39.5cm

그냥 몇 번 칼로 살짝 찔렀을 뿐입니다. 판사님.

스무 번도 안 된다고요.

여자를 셀 수 없을 정도로 찔러 죽인 살인범이 경찰에 연행되었을 때 한 말이다.

그렇게 상처란 찌른 사람에게는 '몇 번'과
'살짝'이 될 수도 있다.

찔린 사람이 피를 쏟으며 죽어가더라도.

우습다.

세상의 모든 고통이 날 향해 몰려들었다.

하지만 고통이 두렵지는 않았다.

항상 익숙했던, 언제나 나와 함께했던 거니까.

화살 하나! 화살 둘! 화살 셋!…… 화살에 맞은 상처에서는 아직도 피가 흐르고 있는데, 항상 또 다른 화살을 맞아야만 했다. 그렇게 화살의 수가 늘어갈 때마다 이제 더 이상은 화살이 날아오지 않을 거라 믿고 싶었다. 어쩌면 다음에는 어디선가 날아오는 화살을 막을 수 있을지도 모른다고 기대했다. 하지만 화살은 끊임없이 날아왔고, 끈질기게 나를 향했다. 아물지 못한 상처에서는 피가 멈추지 않고 흘러넘쳤다.

신은 호기심이 발동한 모양이었다. 인간이라는 미약한 존재가 얼마나 많은 고통을 견디어낼 수 있는지, 인간이라는 보잘 것 없는 존재가 얼마나 많은 상처를 입어도 살아남을 수 있는지, 신은 궁금했던 모양이다. 신은 오기가 생겼던 모양이다. 내가 어디까지 견딜 수 있는지 보자고 싸움이라도 걸듯 날 아프게 했다.

조금씩 술을 마시기 시작했다. 조금씩 마약을 하기 시작했다. 고통을 잠깐이라도 잊고 싶었다. 누가 감히 나에게 술과 마약을 했다고 손가락질할 수 있겠는가? 누가 감히 내 정신력이 약해서 술과 마약에 빠져들었다고 떠들어댈 수 있겠는가? 숨을 쉬는 모든 순간, 불행을 들이쉬고 절망을 내쉬는 것 같았다.

모든 사람들이 내가 삶을 포기할 거라 생각했다. 아프고 힘들고 잔인한 삶이기에. 그래서 난 더 꿋꿋이 버텼다. 끝내는 것보다 버티는 것이 더 힘들다는 걸 알기에. 왜 살아? 어떻게 살아? 그 의문일 수 없는 의문들에 대한 반항이었다.

살아야 했다. 나 자신을 쉬운 길로 가게 내버려둘 수는 없었다. 살아내야 했다. 신의 도전 따위에 질 수는 없었다. 난 세상 그 누구보다 크고, 강하고, 위대한 사람이었다. 그 끔찍한 고통의 순간에도 그림을 그릴 수 있는 나는……, 화가였다.

내 그림을 보고 칸딘스키는 감동을 받아 눈물을 흘리며 나를 껴안았다. 피카소는 감탄하며 나를 껴안고 키스한 것으로도 모자라 손수 만든 귀걸이까지 선물하고 디에고에게 편지를 썼다. "당신도, 나도, 다른 그 어느 누구도 프리다 칼로가 그린 얼굴을 그릴 수는 없을 겁니다." 내 그림은 남미 화가 중 최초로 루브르 박물관에 소장되었다. 비평가들은 내가 스스로 초현실주의를 창조했다며 극찬했다.

난 그들을 비웃었다.
난 초현실주의가 뭔지도 몰랐다.
난 한 번도 꿈을 그린 적이 없었다.
내가 그린 것은 항상 내 현실이었다.

나는 그림을 그렸다. 왜냐하면 그리지 않을 수 없기에. 그림은 내가 안아보지도 못한 채 뱃속에서 죽은 자식이었고, 멕시코 공산주의 혁명의 도구였으며, 디에고와 날 함께할 수 있게 해주는 단단한 끈이었다. 난 그저 살아가기 위해 그림을 그려야 하는 여자였다.

그림은,
저주에 가까운 나의 운명에서
유일한 축복이었다.

화살 아홉

마흔일곱 살, 적지도 많지도 않은 나이. 1954년 7월 12일, 결혼 25주년이 17일 남아 있었다. 난 오랜 친구인 엠마에게 부탁했다. 내가 죽으면 디에고와 결혼하여 그를 보살펴달라고. 그녀라면 믿을 수 있을 것 같았다. 엠마는 말도 안 되는 소리라며 고개를 설레설레 저었다.

그날 저녁, 난 디에고에게 결혼기념 반지를 미리 건넸다. 왜 선물을 미리 주는 거냐고 디에고가 물었다. "이제 곧 당신 곁을 떠날 것 같아서 그래요." 내 대답에 디에고는 눈물을 글썽이며 고개를 저었다. 하지만 난 웃으며 고개를 끄덕였다.

모두들 고개를 저었다. 나도 그들의 말을 믿고 싶었다. 하지만 언제나 내 곁을 맴돌기만 하던 죽음의 신이 이제는 결심했다는 것을 느낄

수 있었다. 마지막으로 디에고에게 부탁했다. 죽어서도 누워 있고 싶
지 않으니 화장을 해달라고.

난 테우아나족 원주민의 의상을 벗었다. 여사제나 할 법한 멕시코
의 전통 장신구들도 떼어냈다. 그것들은 나를 보호해주던 마지막 갑
옷이었다. 그리고 힘겹게 일기를 썼다. 나의 마지막 일기.

"이 외출이 행복하기를, 그리고 다시 돌아오지 않기를."

난 베개를 베고 누웠다. '행복한 두 심장' 디에고와 나를 위해 내가
베갯잇에 수놓은 글자들이 머릿속으로 파고들었다. 먹구름이 몰려
오고 있었다. 내가 죽은 후엔 폭우가 쏟아졌으면 좋겠다. 내 삶의 고
통과 저주들을 그 폭우 속에 흘려보내고 싶었다.

마지막 상처는
내가 스스로,
나를 위해,
입혔다.

프리다와 디에고의 사랑, 그 후 이야기

　그녀가 눈을 감는 순간, 폭우가 쏟아지기 시작했다. 거센 빗줄기는 그녀의 삶을 짓누르던 고통을 쓸어가 버렸다. 그녀의 생명과 함께……. 비가 그친 후, 파아란 하늘이 드러났다. 그리고 마침내 그녀는 하얀 재가 되어 하늘을 향해 날아올랐다.

　일 년 후, 디에고는 그녀의 초상화를 그렸다. 그리고 '항상 나의 눈동자로 남을 프리다에게'라고 새겨 넣었다. 하지만 이미 그의 눈동자는 돌아올 수 없는 곳으로 사라진 후였다.
　한 번도 들어주지 않았던 그녀의 부탁들……, 애원이 되었던 그녀의 기도들……. 처음이자 마지막으로 디에고는 그녀의 간절한 부탁을 외면하지 않았다. 그녀의 유언대로 그들의 친구였던 엠마 우르타도와 결혼한 것이다. 그리고 3년 후, 그녀와 영원히 함께할 수 있도록 자신을 화장하라고 유언하며 디에고는 눈을 감았다. 유언은 지켜지지 못했다. 멕시코의 영웅이었던 그를 화장할 수는 없다는 여론에 디에고는 돌로레스 시민묘지의 유명인사 구역에 매장되었다. 죽어서도 그들은 함께할 수 없었다.

다행히 프리다의 고통은 삶과 함께 끝났다. 페미니즘 운동이 시작되면서, 마돈나를 비롯한 유명인들이 그녀의 그림을 사려고 경매 최고가를 부르면서, 그리고 그 믿을 수 없는 삶이 영화화되면서 프리다는 세상 많은 이들에게 자신의 존재를 드러냈다. 그녀의 그림은 멕시코 국보로 지정되었고, 그녀의 초상화는 히스패닉 여성 최초로 미국의 우표로 만들어졌다. 또한 프리다의 작품은 경매에 나올 때마다 최고가를 갈아치우고 있다.

하지만 비평가들은 그녀의 재능보다는 그녀의 인생이 프리다를 유명하게 만들었고, 그림 값을 올린다고 말한다. 틀린 말은 아니다. 사람들이 그녀에게 열광하는 건 그녀가 불행했기 때문일지도 모른다. 인간이란 잔인하게도 타인의 불행에 열광하는 성향이 있지 않은가. 하지만 그 삶만으로도 그녀는 '신화'가 될 자격이 충분하다. 그러니 제발 더 이상 그녀에게 또 다른 화살로 아프게 하지 말자. 그녀는 이미 아홉 개나 되는 화살을 맞고 숲 속에 홀로 버려진 사슴이니.

그녀의 눈빛은 잔인한 고통에도 흔들리지 않고 뚜렷하다. 그녀의 입술은 처참한 절망 따위에 무너지지 않겠다는 듯 꽉 다물어져 있다. 그녀는 운명이 내린 고통을 견디지 않았다. 인생을 송두리째 무너뜨리려는 그것과 맞서 싸웠고 승리했다. 그토록 강인한 여자가 바로 프리다 칼로다. 이렇게 강하고 당당한 프리다이지만 연인 디에고 앞에서는 여리고 순정적인 한 여인일 뿐이었다. 디에고 리베라는 젊었을 때부터 이미 천재적 화가로 인정받은 멕시코 변화운동의 거장이었다. 하지만 그는 완벽한 이기주의자였고, 순간적인 욕망에 망설임조차 없었으며, 윤리는 무시했고, 관습이나 예의범절 따윈 아랑곳하지 않았다. 그리고 자신의 행동으로 말미암아 발생하는 다른 사람의 상처와 고통에는 철저히 무관심했다.

그런 디에고는 프리다가 가졌던 유일한 약점이었다. 수많은 고통에도 끄떡없었던 그녀였지만, 만일 디에고가 죽는다면 무슨 수를 써서라도 그 뒤를 따르겠다고, 디에고 없이는 살 수 없다고 입버릇처럼 말할 정도였다. 그녀에게는 사랑마저도 고통이었다.

어쩌면 우리 모두에게도 그것은 고통일지 모른다. 우리는 사랑받지 못함이 서러워 고통스럽고, 사랑할 누군가가 없어 가슴 아프다. 또 자신의 사랑보다 빈약한 상대방의 사랑에 절망하고, 돌려주지 못하는 사랑에 미안해하기도 한다. 사랑이란 감정의 사그라짐으로 서글퍼하고, 떠난 사랑의 덧없음에 눈물을 흘린다. 이렇듯 그녀뿐만 아니라 우리 모두는 사랑으로 상처받고 상처 입힌다.

그럼에도 그녀의 사랑이 세기를 건너도록 잊히지 않는 이유는 그것이 '고통'이라는 단어로도 부족할 만큼 끔찍했기 때문이다. 어쩌면 그녀는 디에고를 사랑한 것이 아니라 디에고를 향한 '강박'과 '집착', '자기파괴적 성향'에 얽매여 있었던 것처럼 보이기도 하다. 그녀는 사랑을 한 게 아니라 일종의 정신병을 앓은 게 아닐까? 그녀는 확실히 디에고에게 미쳐 있었다.

그러나 우리는 사랑이란 감정이 '이성'을 잃게 하고 '감각'마저 마비해 모든 생명체가 지닌 '생존본능'조차 포기할 수 있게 만드는 것이란 걸 알고 있다. 그 완전하게 순수한 '절대성'이 곧 사랑이다. 그러므로 그녀의 사랑을 부정할 수는 없다. 그것은 혹독하리만큼 순결한 사랑이었다.

지금 사랑 때문에 고통스럽고 그 애절한 희망고문에 애태우고 있는가? 헤어져야만 하는 수많은 이유에도 차마 그 사랑을 외면하지 못하고 있는가? 괜찮다. 어차피 또 다른 사랑을 찾는다 해도 그 사랑 역시 고통일 테니…….

사랑은 누구에게나 고통일 수밖에 없는 것이다.
그 힘든 고통에서 벗어나는 길은 하나밖에 없다.
조금만 더 그 사랑에 미쳐라! 그 고통조차 느낄 수 없도록…….

박열을 그리워하며

웃을 틈도 없이
또다시 떠오르는 B의 모습
나는 열아홉 그는 스물하나
둘이 함께 살다니 조숙했다 할 수밖에
집을 나와 그를 만나
밤늦도록 길을 걸은 적도 있었지
너무도 뜻이 높아
동지들에게마저 오해를 산 니힐리스트 B
적이든 우리 편이든 웃을 테면 웃어라
xxxx(일제 검열에 지워짐)
기꺼이 사랑에 죽으리라

가네코 후미코가 감옥에서 지은 단가

내게는 혁명이었고
그들에겐 배신이었던 사랑

*Kaneko Fumiko
and Park Yeol*

가네코 후미코
1903년 1월 25일 ~ 1926년 7월 23일

〈가네코 후미코와 박열〉
일명 '괴사진 사건'의 원인이 된 감옥 안에서 찍은 가네코 후미코와
박열의 사진이다. 감옥 안에서는 당연히 사진을 찍는 게 금지되어
있었고, 야당은 대역범죄인을 우대했다며 이 사진을 정치 문제화시키며
와카쓰키 내각의 사퇴를 요구했다. 결국 의회가 사흘이나 정지되었고,
사건 담당판사인 다테마쓰 카이세이가 사퇴하였다.
사진을 찍게 된 경위는 아직도 말이 많다. 박열의 부탁에 다테마쓰가
호의를 베풀었다, 두 사람을 회유하기 위한 덫이었다, 다테마쓰 자신이
기념하기 위해서였다는 설 등이 있다.

1924년 10월 25일 도쿄 지방 재판소, 1차 예심

"왜 당신은 반일본제국적 성향을 갖게 되었는가?"

나의 부모와 이 나라가 현재의 나를 낳았기 때문이다. 부모는 혼인 신고도 하지 않은 채 나를 낳았다. 아버지 사에키 분이지는 애초에 어머니 가네코 기쿠노와 결혼할 마음이 없었다. 순사였던 아버지는 매일 유곽에 출입하는 것으로도 모자라 다른 여자를 집에 데려와 살기까지 했다. 내가 여섯 살 되던 해, 아버지는 이모와 눈이 맞아 도망가 버렸다.

어머니는 끊임없이 다른 남자를 집으로 불러들였다. 대장장이, 부두 인부, 방적공장 동료…… 어머니의 남자가 바뀌어도 나아지는 건 없었다. 나와 동생은 여전히 굶주리고 두들겨 맞았다. 어머니의 남자가 바뀔 때마다 사는 곳도 바뀌었다. 어머니가 남자에게 버림받을 때마다 우린 살 곳을 찾아 헤맸다. 친척 집 헛간마저도 감사하며 살아야 했다. 생계가 막막했던 어머니는 우리를 데리고 친정으로 향했다. 그리고 금세 또 어떤 남자와 눈이 맞아 가출해버렸다.

2차 예심

"여자의 몸으로 감옥 생활을 하는 게 힘들지는 않은가?"

외할아버지 가네코 도미타로는 끊임없이 말했다. "여자아이 주제에." 공부를 하고 싶다는 내 바람을 아버지는 가볍게 비웃었다. "바보 같은 소리 하지 마. 넌 여자잖아." 난 결국 여자에게 허락된 재봉학교에나 다닐 수 있었다. 난 여자라는 틀을 강요받으며 내가 아닌 생활에 속박되었다. 하지만 나는 인간으로서 살아 움직이고 있다. 그래서 나는 '연약한' 여성으로 간주되는 걸 거부한다. 동시에 그런 전제 위에 서 있는 모든 은혜를 단호히 거절한다. 상대를 주인으로 섬기는 노예, 상대를 노예로 보고 가엾게 여기는 주인, 나는 이 둘 모두를 배척한다.

3차 예심

"법을 어기는 것에 대한 죄책감은 없었는가?"

난 호적신고가 되어 있지 않아 소학교에도 진학하지 못했다. 법률은 현실에 존재하는 나를 부인했다. 외할아버지는 날 다섯 번째 딸로 입적했다. 날 조선에 있는 고모 집으로 보내버리기 위해서였다. 내가 어머니의 여동생이 되자 비로소 법률은 날 세상에 존재하는 인간으로 인정했다. 십 년이라는 세월 동안 날 부정했던 법률은 그렇게 허위투성이였다. 불평등은 권력으로 만들어진 인위적 법률이나 도덕에서 비롯된다. 난 무적자라는 이유만으로 수많은 차별과 고통을 겪었다. 법을 어김으로써 불평등을 깰 수 있었다. 난 법을 어기며 죄책감이 아닌 희열을 느꼈다.

4차 예심

"왜 일본인인 당신이 조선인 편을 드는 것인가?"

나를 키운 건 조선이었다. 열 살, 가메 고모의 양녀가 되기 위해 조선으로 떠났다. 조선 충청북도 청주 부용면 부강리. 낯선 땅, 낯선 말, 낯선 얼굴들이 두려웠다. 할머니는 조선에서 학교에 보내주겠다며 날 달랬다. 그 사실만으로도 꿈에 부풀었다. 하지만 내 상황은 달라진 게 없었다. 여전히 배가 고팠고, 여전히 궂은일은 내 차지였다.

할머니는 무적자라며 날 조롱하다가도, 우리 집안은 명문가이니 신분이 맞지 않는 이웃아이들과는 어울리지 말라고 했다. 내게 조금이라도 많은 일을 시키기 위해서였다 난 양녀가 아니라 식모로 팔려간 것이었다. 한 번도 할머니의 명령을 어긴 적이 없었다. 하지만 할머니는 걸핏하면 흠을 잡아 손찌검을 했다. 고막이 터지기도 하고, 너무 오래 굶어 어지러움에 쓰러지기도 했다. 그래도 소학교를 다닐 수 있어 행복했다. 청주심상소학교, 그게 내가 사는 이유였다.

5차 예심

"조선에서의 생활이 불행하였는데 왜 떠나지 않았는가?"

할머니는 소학교를 졸업하면 대학교에 보내주겠다고 약속했다. 그래서 버텼다. 하지만 약속은 지켜지지 않았다. 세상을 버리고 싶었다. 내 세상은 할머니와 고모가 전부였고, 학대와 핍박으로만 가득 차 있었다. 난 틈만 나면 허리를 굽혀 가랑이 사이로 고개를 내밀고 세상을 보았다. 세상 모습을 거꾸로 보고 싶어서였다. 내 세상도 그렇게 간단히 거꾸로 바꾸고 싶었다. 둑 아래 쭈그리고 앉아 급행열차가 오기를 기다리기도 하고, 속치마에 돌을 싸서 허리에 동여매고 강물로 뛰어들기도 했다. 내일은 꼭 용감하게 죽어야지, 결심하면서 매번 돌아서곤 했다.

저녁을 굶고 쫓겨난 어느 날, 조선 아낙네가 보리밥을 내밀었다. 처음으로 느낀 인간의 사랑이었다. 낯선 타인에 대한 배려에 감동했다. 세상에는 내가 사랑할 수 있는 무언가가 있을 거라는 희망으로 살아남을 수 있었다.

6차 예심

"3·1운동 때문에 식민지에 대한 동정이 생긴 것인가?"

열일곱 살, 하찮은 식민지 조선인들이 신성한 천황폐하께 반발한 다는 것이 충격이었다. 강한 권력을 마주했을 때는 굴복하는 게 아니라 저항하는 방법도 있다는 걸 알았다. 아무리 약자라도 뭉치면 강해질 수 있다는 걸, 세상을 바꿀 수 있다는 걸 깨달았다. 그리고 깨달았다. 난 식민지 조선인이었다.

그 이후 나는 대일본제국민으로 가졌던 민족적 자신감을 상실했다. 인간은 자연적 존재이다. 모든 인간은 완전히 평등하다. 인간의 모든 행동은 인간이라는 단 한 가지 자격만으로도 하나같이 평등한 인간적 행동으로 승인받아야 마땅하다.

7차 예심

"일본에는 언제 돌아왔는가?"

17살, 다시 일본으로 돌아왔다. 세월이 흘렀다는 것 외에는 달라진 게 없었다. 여전히 부모님은 당당했다. 나를 낳았다는 것만으로도. 어머니는 나를 창녀로 팔려고 했다. 다행히도 가출했던 아버지가 갑자기 돌아왔다. 그리고 날 결혼시켰다.

나와는 아무런 상의도 없었다. 게다가 상대는 외삼촌이었다. 아버지는 외삼촌의 재산을 노렸다. 세상의 윤리와 도덕은 지배를 위한 변명에 지나지 않는다. '효'라는 이름으로 부모의 자식에 대한 지배는 정당화된다.

가네코 후미코

신은 끔찍한 현실을 그저 보고만 있었다.

8차 예심

"도쿄에는 언제 왔는가?"

다행히 나와 결혼한 외삼촌은 결혼 후 얼마 되지 않아 날 쫓아냈다. 난 헌 가방 하나를 들고 혼자서 도쿄의 친척집으로 도망쳤다. 다시 부모에게 이용당하고 싶지 않았다. 신문팔이, 가루비누 장사, 가정부, 인쇄소 여직공, 이와사키 오뎅집 점원······.

안 해본 일이 없었다. 신앙도 가졌다. 하지만 신앙으로는 참담한 과거를 잊을 수 없었다. 신은 끔찍한 현실을 보고만 있었다.

오전에는 세이소쿠 영어학교에 다니고, 오후에는 연수학관에서 공부를 했다. 바쁜 와중에도 책은 손에서 놓지 않았다. 책 속에서만 참담한 현실을 잊을 수 있었다.

9차 예심
"언제 천황제를 모독하는 사상을 처음 접하였는가?"
〈청년조선〉을 읽다 박열의 '개새끼'라는 시를 접했다.

나는 개새끼로소이다
하늘을 보고 짖는
달을 보고 짖는
보잘것없는 나는
개새끼로소이다
높은 양반의 가랑이에서
뜨거운 것이 쏟아져
내가 목욕을 할 때
나도 그의 다리에다
뜨거운 줄기를 뿜어대는
나는 개새끼로소이다

내 이야기였다. 한 구절 한 구절이 내 피를 타고 나의 전 생명을 고양하는 것 같았다. 오랫동안 찾아 헤매던 것을 그 시에서 발견한 기분이었다. 난 신을 버리고 사상을 택했다. 무정부주의, 사회주의……. 국가, 법, 감옥, 사제, 재산, 계급이 사라진 세상! 그 세상에선 행복할 수 있었다.

태어날 때부터 나는 불행했다. 운명의 손에 희롱되고 있었던 나는 어디까지나 불행하였다. 요코하마에서, 야마나시에서, 조선에서, 그리고 하마마쓰에서, 나는 시종일관 가혹한 취급을 받았다. 나는 자아라는 것을 가질 수가 없었다. 하지만 지금 나는 지나온 모든 날들에 감사한다. 운명이 나에게 은혜를 베풀어주지 않았기에, 나는 나 자신을 발견할 수 있었다.

10차 예심

"어떻게 박열과 만나게 되었는가?"

박열은 나와 함께 세이소쿠 영어학교에 다니고 있었다. 그와 만난 건 늦겨울이었다. 만난 지 얼마 되지 않아 난 그의 사상뿐만 아니라 그의 전부를 사랑하게 되었다. 난 내 과거와 그에 대한 사랑을 고백한 편지를 썼다. 그의 나이 스물, 내 나이 열아홉, 그해 봄 우린 도쿄에 있는 신발가게 2층의 다다미방에서 같이 살기 시작했다. 내가 제시한 '공동생활의 서약'에 박열은 기꺼이 동의했다.

1. 동지로서 함께 살 것 2. 운동, 활동 방면에서 내가 여성이라는 관념을 제거할 것 3. 주의主義를 위한 운동에 상호 협력할 것 4. 둘 중 하나가 사상적으로 타락해 권력자와 손을 잡을 일이 생겼을 때에는 즉시 공동생활을 해지할 것. 박열과의 관계를 들은 아버지는 집안을 더럽혔다며 부모자식 관계를 끊겠다는 편지를 보냈다.

11차 예심

"무정부주의 운동을 시작한 것도 그때였는가?"

우리의 신혼집은 무정부주의자들로 가득 찼다. 조선인도 일본인도 사상으로 뭉쳤다. '흑우회', '불령사'…… 모임의 이름도 짓고 기관지를 통해 우리의 사상을 알리려 애썼다. 〈민중운동民衆運動〉, 〈불령선인不逞鮮人〉, 〈현사회現社會〉, 〈흑도黑濤〉……. 인쇄소에서 제본되어 나오자마자 곧 압수되고 발매금지되기 일쑤였지만 우린 물러서지 않았다.

박열은 신문배달, 날품팔이, 우편배달부, 인력거꾼, 인삼행상 등 할 수 있는 모든 일을 하며 출판비용을 조달하고, 기관지를 보급했다. 난 편집과 원고 집필을 맡았다. 박열이 바쁘면 그의 논설기사도 대신 썼다. 세계노동절 행사에 참가하고, 파업투쟁을 후원하고, 조선인 광부들의 학살 사건을 알리려 애썼다. 탄광이나 발전소 공사장에서 처참하게 혹사당하다 죽거나 버려지는 조선인들도 돌보았다. 그들은 날 성녀처럼 떠받들었다. 경찰에 연행되기도 하고, 유치장에 갇히기도 했다. 그래도 내 인생에서 가장 행복한 순간이었다.

12차 예심

"무정부주의자가 어떻게 나라를 위해, 그것도 식민지 조선의 독립을 위해 이런 일을 꾸몄는가?"

나는 개인주의적 무정부주의자였다. 설명할 것도 없이 국가와 개인은 서로 용납할 수 없는 존재였다. 국가의 번영을 위해 개인은 자신의 의지를 가져서는 안 된다. 개인이 자아에 눈을 뜰 때 국가는 무너진다. 물론 나는 내 마음 속에서 타오르는 질서가 아닌 질서, 참된 질서 외에 국가나 정부의 간섭을 거절하고 싶었다. 순수한 아나키스트가 아니라면 박열과도 헤어지고 싶었다.

"당신은 민족 운동가이십니까?" 내 질문에 박열은 긍정도 부정도 하지 않았다. 난 처음부터 박열에게 말해두었다. "나는 조선에서 오랫동안 산 적이 있기 때문에 민족운동에 몸담고 있는 사람들의 심정을 충분히 이해할 수 있습니다. 하지만 누가 뭐래도 나는 조선인이 아니어서 조선인처럼 압박당한 경험이 없기 때문에 그러한 사람들과 함께 조선의 독립운동을 해야겠다는 생각이 들지는 않습니다. 그러니까 당신이 만약 독립운동을 하는 사람이라면 유감스럽습니다만 당신과 함께 일을 할 수가 없습니다."

지배국가의 민족인 나에게 식민지 조선의 독립운동은 와 닿지 않았다. 국가를 용납하지 않는 나에게 식민지 조선의 독립운동은 아무런 의미도 없었다. 하지만 박열은 달랐다. 무정부주의에 대해 침을 튀기며 열변을 토하다가도 돌아서서는 조선의 독립에 관해 눈을 반짝였다. 박열을 처음 사랑하던 그 순간부터 예상하고 있었다. 어쩌면 나도 박열의 식민지 조선 독립운동에 휘말릴지 모른다고. 아무리 독립운동이 나의 사상에 반하는 것일지라도.

나는 박열을 사랑했다. 사랑받고 있는 것은 타인이 아니다. 사랑하는 타인 속에서 발견할 수 있는 것은 자신이다. 즉, 그것은 자아의 확대라 할 수 있다. 나는 박열을 사랑했고, 박열은 조선을 사랑했다. 그래서 나도 조선을 사랑했고 조선독립을 위해 나섰다. 박열을 못마땅하게 여겼던 경찰은 박열의 미국유학까지 주선하고 나섰다. 하지만 박열은 끝내 거절했다.

13차 예심

"정확한 계획은 무엇이었는가?"

히로히토 황태자의 성혼예식에 맞추어 도련님(황태자)에게 폭탄을 헌상하기로 했다. 당시 노련님은 병으로 쓰러진 천황 다이쇼를 대신하여 섭정 중이었다. 박열은 일본인 동지와 결탁하여 무사히 궁성우편배달부 시험에 합격했다. 매일 궁성을 출입하면서 천황의 동정과 출행하는 경로 등을 샅샅이 살폈다. 하지만 폭탄 조달이 문제였다. 몇 번의 폭탄 반입 실패에도 불구하고, 흑우회 동지 김중한에게 폭탄구입 여부를 타진하였다. 구입비용이 만만치 않았다. 우린 일단 계획을 보류하기로 했다.

14차 예심

"어떻게 계획이 알려지게 되었는가?"

그해 가을 9월 1일, 관동대지진이 일어났다. 우린 근처 야산에서 노숙을 하며 지진을 피했다. 다행히 우리가 살던 셋집은 무너지지도 불에 타지도 않았다. 도쿄 시내와 인근 5개 군에 계엄령이 선포되었다. 군대와 경찰은 완전무장을 한 채 곳곳에 배치되었다. 조선인이 방화와 살인을 저지른다는 유언비어가 퍼졌다. 정부는 자경단과 일본 민중들이 무고한 조선인들을 학살하는 것을 교묘하게 부추겼다. 약 6000여 명의 조선인들이 무참히 희생당하였고, 6000여 명이 검속되었다.

9월 3일, 난 남아 있는 쌀을 몽땅 털어 죽을 끓이고 있었다. 무섭도록 아름다운 황혼에 정신이 팔려 있을 때 경찰이 들이닥쳤다. 보호검속이란 명목으로 나와 박열을 비롯한 불령사 회원들 모두가 검속되었다. 우린 '경찰범 처벌령'에 따르면 '일정한 거주 또는 생업 없이 배회하는 자'였다. 한 달간의 구류처분이 내려졌다.

경찰은 '불령선인사' 표찰과 선전 전단, 조선인 명부를 내밀었다. 우린 '비밀결사의 금지' 위반 혐의로 구속기소되었다. 박열은 날 보호하려고 차고 있던 칼을 꺼내서 할복하려 했지만 소용없었다. 사전계획에 의해 취해진 조치였다. 그리고 경찰의 예심심문 도중 박열의 폭탄 구입계획 사실이 알려졌다. 난 경찰의 취조에 순순히 사실을 인정했다. 박열도 마찬가지였다. 피할 방법은 없었다.

우린 형법 제73조 및 폭발물단속벌칙 위반 혐의로 기소되었다. 형법 제73조는 이른바 대역죄였다. 천황과 황족에게 위해를 가한 자는 사형에 처한다. 증거도 없고, 정확한 테러 대상과 날짜도 명시하지 못한 허술한 기소였다. 하지만 형법 제27조에 따르면 저격 대상이 황족인 경우에는 비록 예비행위일지라도 대역죄가 성립되도록 규정하고 있었다. 조선인 대학살에 대한 비난을 모면하려는 일본 정부의 계략이었다.

폭탄은 구입조차 하지 않은 상태였다. 단지 계획이었고, 예비행위라고 할 것도 없는 사건이었다.

박열은 불령사 회원들은 물론이고 나와도 연관이 없는 혼자만의 계획이었다고 주장했다. 하지만 난 공범이라고 주장했다. 우리 두 사람은 어느 한 쪽이 사상적으로 곤경에 처하게 되면 운명을 함께 하기로 했었다. 난 그 맹세를 걸고 어기고 싶지 않았다. 결국 박열도 내가 공범이라 시인했다. 우리 두 사람의 적극적인 자백 덕에 나와 박열, 김중한 이외의 불령사 회원들은 증거불충분으로 석방되었다. 멍청한 검찰은 스스로 실패하였음을 인정한 꼴이 되었다.

당시의 신문기사들

박열은 혼자만의 계획이었다고 주장했다.
하지만 난 공범이라고 주장했다.

15차 예심

"왜 황태자에게 위해를 가하려 했느냐?"

어차피 당해야 한다면 법정 자체를 투쟁의 장으로 변환시켜 천황제의 모순을 세상에 알리고 싶었다. 천황은 권력의 상징이었다. 권력은 평등을 유린하는 악마였다. 그렇게 천황은 민중의 생명이나 자아를 박탈해왔다. 자기를 희생하고 국가를 위해 희생하라는 충군애국사상은 천황의 이익을 위한 것이었다. 천황은 자신의 욕망을 아름다운 형용사로 포장해서 우리에게 강요해왔다.

나의 저항은 조선 민중을 위한 것이 아니었다. 내가 저항한 것은 천황과 국가라는 권력이었고, 그 권력에 의해 인간의 권리와 자유가 억압되는 현실이었다. 난 무죄를 주장하지 않았다. 오히려 난 우리 계획의 정당성을 주장했다.

나는 신성불가침의 존재로 떠받들고 있는 천황 또는 황태자가 우리와 조금도 다를 바 없는 동일한 인간이며 결코 신이 아니라는 것을 입증하기 위하여 폭탄을 던져 천황도 우리와 똑같이 죽는다는 것을 보여주려 했다.

또한 천황과 황태자는 소수 특권계급이 개인 욕심을 채울 재원으로서 일반 민중을 기만하기 위하여 조종하는 인형에 불과하다는 것을 깨우쳐주려 했다. 나는 내 사상을 더욱 널리 알리기 위해 자서전 《무엇이 나를 이렇게 만들었는가》와 단가를 쓰기 시작했다.

가죽수갑을 차고 어두운 방에 처박힌 밥벌레가 되고 싶지 않았다.

단 한 마디의 거짓말도 쓰지 않았다. 있는 것을 다만 있는 그대로 쓴 것뿐이었다. 하지만 감옥의 관리는 투덜대며 이 단어, 저 단어를 지우고 이 문장, 저 문장을 빼버렸다.

오랜 수감생활, 원고지가 점점 늘어났다. 단가가 200편이 넘고, 자서전이 원고지 3000매가 넘었을 때 드디어 선고공판 날짜가 정해졌다.

16차 예심

"어떻게 나라를 버릴 수 있느냐?"

판사는 여러 차례 전향을 강요했다. 나라를 버렸다고? 부모를 버렸다고? 부모도 나를 버렸고, 나라도 나를 버렸다. 그들이 나를 버렸다는 이유로 나를 정당화하지는 않겠다. 그저 조금쯤 나를 이해해주길 바랄 뿐. 나는 권력 앞에 무릎을 꿇고 살아남고 싶지 않았다. 천황제에 굴복하는 것, 다시 말해 전향하는 것은 내가 나 자신임을 포기한다는 것과 같다. 평등한 삶을 위해 싸워온 내 삶을 내팽개치고 무의미한 것으로 만들어버리는 일은 결코 하고 싶지 않다. 내 자신의 내면적 욕구를 따르는 것이 죽음으로 가는 길이라면 난 기꺼이 그 길을 갈 것이다. 결코 두려워하지 않을 것이다.

산다는 것은 단지 움직이는 것만을 뜻하지 않는다. 자신의 의지에 따라 움직이는 것을 의미한다. 즉 행동은 살아가는 일의 전부가 아니다. 그리고 그저 살아간다는 것에는 아무런 의미도 없다. 행위가 있고

서야 비로소 살아 있다고 말할 수 있다. 따라서 자신의 의지에 따라 움직였을 때, 그 행위가 비록 육체의 파멸을 초래한다 하더라도 그것은 생명의 부정이 아니다. 긍정이다.

17차 예심

"대심원 공판에 앞서 원하는 것이 있는가?"

사실 교도소 생활은 그리 어렵지 않았다. 아무런 증거 없이 오로지 우리의 자백으로만 재판을 끌어가야 하는 재판관과 검사들은 우릴 가혹하게 대할 수 없었다. 우린 오히려 특별대우를 받았다. 우린 자유로운 복장으로, 간수의 감시 없이 여유롭게 산책을 즐겼다. 목욕도 맘대로 한 시간 넘게 할 수 있었고, 한밤중에도 난로를 몇 번이나 바꿀 수 있었으며, 낮잠도 맘껏 잤다.

목숨을 걸고 우리의 사상을 전하려는 모습에 담당판사 다테마쓰는 감동하여 최대한 우리의 편의를 봐주었다. 우리가 함께 있는 사진을 찍어주기도 했고, 취조할 때에는 친히 홍차를 권하고, 사사로이 책을 빌려주기도 하였다.

예심 법정에 빅열과 나만 남겨놓은 채, 문만 잠그고 변소에 간다는 핑계로 퇴장하여, 우리가 함께 오붓한 시간을 보낼 수 있도록 배려해준 적도 있었다. 하지만 우리가 형무소에서 찍은 사진이 유출되면서 문제가 커졌다. 사진을 유출한 용의자가 도망치고 판사 부인이 혼자

있는 집에 폭력단원이 침입하고, 담당판사 다테마쓰는 결국 사퇴해야
했다. 그래도 우린 여전히 특별대우를 받았다. 만년필도 몸에 지닐 수
있었고, 감방에서도 원고를 쓸 수 있었다.

박열은 대심원 특정법정의 공판에 앞서 여러 조건을 제시했다. 우린
죄인이 아니므로 피고, 심문 등의 용어를 쓰지 말 것, 한복을 입도록
해줄 것, 우린 피고가 아니므로 판사와 같은 높이의 의자에 앉게 해줄
것, 재판정에서 결혼식을 올리도록 허가해줄 것 등이었다.

일본 제국주의 법정을 향한 무언의 항의 표시였다. 조선어를 사용
하겠다는 요구는 통역문제로 무산되었다. 판사와 같은 높이의 의자
도 판사의 부탁에 우리가 양보했다.

하지만 나머지는 모두 박열이 원하는 대로 되었다. 내 조건은 하나
밖에 없었다. 사형이든 무기징역이든 박열과 형량을 똑같이 해줄 것.
검사는 박열이 사형선고를 받더라도 난 종범이므로 종신형이 될 거라
는 얘기를 했다. 하지만 박열이 없다면 삶은 아무런 의미도 없었다. 난
만약 죽음이 박열의 생명을 요구한다면 기꺼이 그를 대신하겠다는 편
지까지 써보냈다.

1926년 2월 26일, 일본 대심원 대법정 제1회 공판

나는 원삼 족두리를 쓰고 흰 저고리에 검은 치마를 받쳐 입었다. 간
수에게 차 한 잔을 청해 마시며 지에푸의 단편소설을 읽었다. 박열도

사모관대에 조복을 입고 검은 혜자를 신고 법정으로 들어왔다. 우리는 서로를 바라보며 웃었다. 우리의 결혼식이었다. 후세 변호사, 조선인 유학생 회장 조헌영, 한복을 구해다준 동지들이 법정에 함께 있었다. 3월회, 흑우회…… 우리의 결혼을 축하하기 위해 온 동지들로 법정이 가득 찼다.

검사가 우리의 혐의를 읊으며 구형했다. "형법 제73조와 폭발물단속벌칙 위반으로 사형!" 내가 원했던 대로 우리 둘 모두 사형이었다. 판사는 박열을 피고라고 하지 않고 '그편'이라 부르고 박열은 판사를 '그대'라고 호칭하였다. 박열은 자신의 사상을 함축한 〈불령선인이 일본 권자계급에게 줌〉, 〈나의 선언〉, 〈음모론〉을 써서 재판정에서 읽었다.

우린 변호사들의 변론을 거절하였다. 하지만 세 명의 변호사들은 범죄의 증거가 불충분하니 무죄가 당연하다는 변론을 계속했다. 재판장 직권으로 일요일에도 재판은 속행되었다.

재판 중에도 전향 요구는 계속되었다. 만약 지금 당신들과 타협할 수 있다면 사회에 있을 때 나는 이미 타협했을 것이다.

사실 나는 지금 꼭 한 번 세상에 나가보고 싶다. 그렇게 하기 위해서는 '개심했습니다'라며 고개 숙이고 문서 한 장을 제출하기만 하면 된다는 것도 안다. 하지만 내 목숨을 부지하기 위해 현재의 자신을 죽이는 일은 결코 일어나지 않을 것이다. 나는 권력 앞에 무릎을 꿇고 살아가기보다는 오히려 기꺼이 죽어 끝까지 나 자신의 내면적 요구를

"형법 제73조와
폭발물단속벌칙 위반으로
사형!"

재판정 광경

따를 것이다.

재판장은 직권으로 우리 두 사람에 대한 정신감정을 하려 했다. 정신적 문제가 발견되면 감형을 고려하겠다는 사탕발림에도 우린 끝까지 정신감정을 거절했다.

우린 담담히 사후의 일을 의논했다. 일본 내에는 내 시신을 거둬줄 사람이 없었다. 어머니는 몇 년 동안 얼굴조차 보지 못했다. 그나마 기대할 사람은 박열의 형 박정식밖에 없었다.

1926년 3월 23일, 우린 이치가야 감옥에서 혼인신고서를 작성했다.

후세 변호사가 우시고메 구청에 혼인신고서를 제출해주었다. 그렇게 우린 정식 부부가 됐다.

1926년 3월25일, 결심공판. 정복 차림의 경찰 150명, 사복 차림의 경찰 50여 명, 헌병 30명이 법원 안팎을 통제하고 있었다. 법정 출입자의 검문이 삼엄했고 100여 명의 일반 방청인이 입정했다. 난 최후진술을 했다.

나는 박열을 알고 있다. 박열을 사랑하고 있다. 그가 갖고 있는 모든 과실과 결점을 넘어 나는 그를 사랑한다. 나는 지금 그가 나에게 저지른 모든 과오를 무조건 받아들인다. 먼저 박열의 동료들에게 말해두고자 한다. 이 사건이 우습게 보인다면 우리를 비웃어달라고. 이것은 우리 두 사람의 일이다. 다음으로 재판관들에게 말해두고자 한다. 모든 것은 권력이 만들어낸 허위이고 가식이다. 부디 우리를 함께 단두대 위에 세워 달라! 나는 박열과 함께 죽을 것이다. 박열과 함께라면 죽음도 오히려 만족스럽게 여길 수 있다.

그리고 박열에게 말해두고자 한다.
실링 새판관의 선고가
우리 두 사람을 나눠놓는다 해도,
나는 결코 당신을
혼자 죽게 하지는 않을 것이라고.

부디 우리를 함께 단두대 위에 세워 달라!

나는 박열과 함께 죽을 것이다.

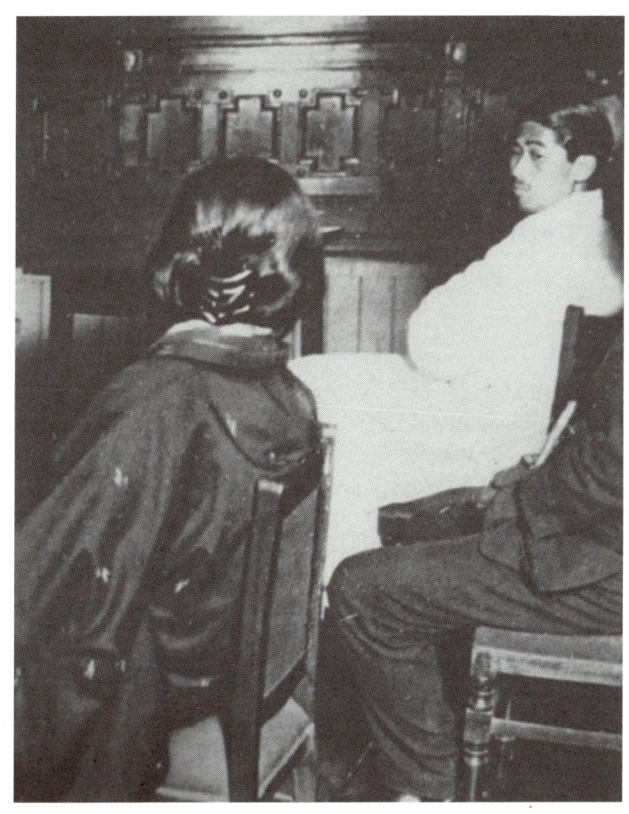

사형선고를 받기 직전의 가네코 후미코와 박열

박열은 선언서로 최후진술을 대신했다. 재판장이 기립을 명령했다. 우린 일어서지 않았다. 재판장이 큰 목소리로 선고했다.

사형!
난 곧바로 일어서서 두 손을 번쩍 들며 만세를 외쳤다. 박열도 "재판은 비열한 연극이다"라고 소리쳤다. 우린 사형 선고 따위에 흔들리지 않았다. 우린 끝까지 당당했다.

퇴정하는 판사를 향해 박열이 덧붙여 말했다.
"재판장, 자네도 수고 많았네!
내 육체야 자네들 맘대로 죽이지만,
내 정신이야 어찌하겠는가."

이치가야 형무소로 돌아오니 뜻밖에도 어머니가 고향에서 올라와 있었다. 오쿠무라 간수장의 입회하에 5분간 면회가 허락되었다. 어머니는 잘못했다며 울고 나 또한 눈물을 삼켰다. 어쩌다 6년이 넘도록 만나지도 못했다. 마지막으로 어머니의 얼굴을 눈여겨보았다.

우리의 사건은 국내외적으로 많은 반향을 일으켰다. 지식인들의 구명운동과 탄원이 빗발쳤다. 일본 당국은 천황의 자애로움을 알리는 데 우리를 이용하려 했다. 결심공판 열흘 뒤, 형무소장은 천황의 은사에 의해 무기징역으로 감형되었다며 은사장을 내밀었다. 난 그 자리에서 갈기갈기 찢어버렸다. 천황의 은사를 받아들인다는 것 자체가 천황을 인정하는 것이었다. 그런 은사 따위는 받아들일 수 없었다. 감형은 내 사상적 전쟁을 물거품으로 만드는 일이었다.

형무소장은 개의치 않고 천황에게 감사의 전향서를 쓰라고 했다. 난 고래고래 소리를 질렀다. "천황의 이름으로 사형을 언도했으면 그만이지. 다시 은사니 어쩌니 하면서 인간의 생명을 농락하다니 말이 되는가! 박열에게 바친 아내로서의 나, 문자가 조선에 바친 조선민족으로서 선택한 길인데 몸과 마음 모든 것을 다 빼앗아간 무기징역의 일본감옥 속에서 더 살아보았자 그 무슨 의미가 있을 것인가? 차라리 죽어서 그 뜻을 부군 박열에게 바치고 조선 땅에 내 뼈를 묻음으로써 모든 것을 조선을 위해 바친다면 그 뜻을 언젠가 누구라도 알아주게 될 것이 아닌가?"

권력 앞에서 인간의 목숨 따위는 가지고 노는 공처럼 함부로 다루어졌다. 관리들은 마침내 나를 감옥에다 처넣어버렸다. 하지만 그것은 오히려 나 자신이 살아 있다는 사실을 증명해주었다. 나는 그것으로 만족했다. 형무소장은 기자들에게 "두 사람이 은사장을 감사히 받았다"고 공표했다. 신문에는 "후미코가 대단히 고맙다며 경건한 태도로 감사의 말을 전했다"는 기사가 실렸다. 은사를 받은 다음 날부터 박열은 단식을 시작했다. 자살을 위해서였다. 하지만 박열의 시도는 실패했다.

형무소 측은 우리를 갈라놓기로 결정했다. 그래도 작별인사는 하게 해주었다. 박열은 내 손목을 잡고, 나는 박열의 옷깃을 잡고 서로의 마지막 모습을 눈에 새기며 하염없이 울었다. 박열은 치바 형무소로, 난 우쓰노미야 형무소 도치기지소로 옮겨졌다. 비록 몸은 떨어져 있었지만 박열의 소식은 간간히 들을 수 있었다. 박열이 폐결핵에 걸렸다는 소식에 난 걱정으로 잠을 설쳤다. 폐결핵은 또 다른 사형선고였다. 박열이 죽은 후의 삶을 자신할 수 없었다.

시간이 흐르면,
내 사랑이 쓸려가 버릴까 봐 무서웠다.
내 사상이 무너져버릴까 봐 두려웠다.
무기징역이라는 버거운 삶에 의해,
박열이 없는 고통스러운 삶에 의해,
나의 사상이 산산조각날까 봐 불안했다.
그것만은 차마 견딜 수 없었다.

결심공판 후 100여 일, 난 삼으로 노끈 잇는 일을 하겠다고 자원했다. 형무소장은 무엇이라도 하겠다는 내 말에 반가워하며 허락했다. 손발이 묶여 비록 부자유스러워도 죽겠다는 의지만 있다면 죽음은 자유로웠다. 그들은, 손발이 묶여 있음에도 죽는다는 건 "우리들의 과실이 아니다"고 말할 터였다. 낭떠러지로 내몰고서도 어떻게든 책임을 회피하려는 모습은 상상만으로도 참 끔찍했다.

아무도 없는 독방, 철창 밖으로는 7월 초여름의 싱그러움이 우거져 있었다. 나는 화려함을 자랑하듯 앞다투어 피어나는 꽃을 그다지 좋아하지 않았다. 그렇게 피었다가 곧 시들어버리는 꽃이 싫었다. 화려하지도 않고 사람의 눈에 띄지도 않지만, 언제나 푸르게 하늘을 향해 활짝 피어나는 상록수의 새싹을 나는 끝없이 사랑했다.

나도 천천히 피어나고 싶었다.

언제나 한결같은 초록빛 모습이고 싶었다.

까마득하게 먼 하늘의 꿈을 향해 가지를 뻗고 싶었다.

초라하고 평범해도 상록수처럼 살고 싶었다.

난 내가 만든 노끈을 철창에 매달았다. 철창 너머로 상록수가 푸르른 빛을 발하고 있었다.

서서히 감기는 눈꺼풀 사이로
무성한 초록빛 잎사귀가
가득했다.

가네코 후미코와 박열의 사랑, 그 후 이야기

자살인지조차 불명확한 죽음이었다. 그녀의 옥중임신이 외부로 알려질 것을 두려워 한 일본당국이 강제로 낙태수술을 하다가 죽었다는 흉흉한 소문까지 나돌았다. 형무소 측은 서둘러 그녀를 파묻어버리고 나서야 그녀의 죽음을 알렸다. 뒤늦게 달려온 어머니에게 전해진 유품은 여기저기 찢기고 까맣게 지워져 있었다. 남편인 박열은 그녀의 죽음조차 알지 못했다. 반역자라는 이유로 무덤의 봉분을 올릴 수도 없었고 비석조차 세울 수 없었다. 아무것도 모르는 이들은 무심하게 그녀를 짓밟고 지나갔다. 그렇게 그녀는 우리에게 잊혀버렸다.

괴사진 사건과 관련된 조사단의 대화를 듣고서야 그녀의 죽음을 알게 된 박열은 눈물을 흘리며 단식을 했다. 그리고 20년이 넘는 세월이 흐른 후, 장의숙과 결혼했다. 출옥한 지 1년 만이었다. 박열보다 18살 어린 나이의 장의숙은 도쿄여자대학을 막 졸업한 여기자였다. 두 사람은 삼 남매를 낳았다. 박열은 일본에서도, 대한민국에서도, 북한에서도 애국열사 대접을 받았다. 그를 잊지 않기 위해 우리는 기념관까지 세웠다.

자명고를 찢은 순간 낙랑공주의 사랑은 그녀를 버렸다. 그리고 가네코가 모든 것을 버리고 사랑을 선택한 순간, 그녀의 사랑은 끝을 향해 달리기 시작했다.

그녀도 이 모든 상황을 예견했을 것이다. 아나키즘에 대한 절대적 믿음과 열의가 사랑 때문에 흔들렸던 것처럼, 박열과의 열정도 언젠가는 끝이 날 거라는 것을……. 그리고 그 사랑이 시한부라는 것을, '시한부'라는 수식어가 있기에 강렬할 수 있다는 것을…….

'적국의 여자'라는 신분이 위태로운 감정을 아슬아슬하게 이끌어 가고 있으며, 이대로 종전이 되면 그들의 사랑은 그저 구질구질한 전쟁 뒷이야기가 될 뿐이라는 것을 그녀도 이미 깨달았는지 모른다. 그리고 시간이 흐르면, 갑갑한 수감생활과 끈질긴 전향요구에 그 사랑마저 깨질까 두려웠을지 모른다.

그녀에게 남은 것은 아무것도 없었다. 사랑 이외에는. 가족도, 나라도, 사상도, 그녀의 남은 생애까지도 그를 위해 버렸다. 사랑만이 그녀가 가진 유일한 것이었다. 그래서 아마 그녀는 죽음을 선택했을 것이다. 그녀의 사랑이 영원한 절대성을 가질 수 있도록…….

끝내 살아남아 다른 여인과 혼인까지 한 박열이었지만 가네코를 완전히 잊지는 않았다. 그녀의 기일 아침이면 박열은 장의숙에게 불쌍한 그녀를 위해 함께 기도해 달라고 부탁했다. 그리고 하루 종일 입을 닿았다. 집 안에 틀어박혀 먹지도, 마시지도 않으며 정좌한 채 묵상을 하고 제사를 지냈다. 일 년에 하루만은 그녀를 위해 바쳤다. 365일 중 하루가 그녀에게 허락된 전부였다.

그토록 냉철하고 논리적인 그녀가 사랑 때문에 사상과 타협하고 세상을 버렸다는 게 도무지 이해되지 않았다. 하지만 그녀의 나이 스무 살⋯⋯. 그 나이가 모든 상황을 단번에 정리해주었다.

스무 살, 당신의 모습을 기억하는가? 모든 것이 결정되어진 듯도 한데 아무것도 결론지어진 것 없는 시절, 다른 선택을 하기엔 너무 늦은 것도 같은데 현재의 선택에 머무르고 싶지는 않은 나이. 모두가 최적의 선택을 하고 최선을 다해 그 길을 가는데 나 혼자만이 길 위에 남아 갈팡질팡하는 것만 같던 그때. 그게 당신과 나, 그리고 우리 모두의 스무 살이었다.

그 시절엔 모든 것들이 혼란스럽고 불확실하며 세상 전부가 흔들거린다. 그래서 우리는 무엇이든 붙잡고 똑바로 서고 싶다. 그게 사랑이든, 사상이든, 무엇이든⋯⋯. 그저 우리가 원하는 것은 확신할 수 있는 무언가일 뿐이다.

그렇기에 스무 살의 사랑만큼 뚜렷한 건 드물다. 그 사랑을 지키기 위한 또 다른 선택을 주저하는 건 오히려 어리석어 보일 만큼 스무 살

의 사랑은 모든 것들을 파괴할 정도로 강렬하다. 그녀의 사랑이 그랬
듯이……

    끊임없이 내어주고, 하염없이 기다리고, 무조건 받아들이고, 사랑 앞
에서 모든 걸 버렸다. 어리석어 보이기도 모자라 보이기도 한 스무 살
의 사랑은 참 피곤하다. 하지만 사랑에 솔직하지 못했기에 찌꺼기처럼
남겨지는 그리움과 미련으로부터는 자유로울 것이다.
    더 많이 사랑한 사람이 약자인 건 맞다. 하지만 더 많이 사랑한 사
람은 후회 없이 또 다른 사랑을 불태울 수 있다.

    스무 살, 우린 사랑한 것이 아니라 사랑을 앓았다.
    다시 한 번 사랑을 앓아보자. 이유 없이, 조건 없이, 아낌없이, 끊임없이,
죽을 만큼…… 사랑에 아파하자. 비겁하게 숨기고 계산하는 사랑보다 바
보같이 풍덩 빠져 허우적대는 사랑이 어쨌든 더 행복하므로……

사랑보다 아름다운 것

고독한 나는
내가 믿는 것처럼 믿지 못하고
그대가 생각하고 있는 것처럼
생각하지를 못합니다.

고독한 나는
남들이 사랑하는 것처럼
사랑하지를 못합니다.

그러나 그대처럼
언젠가는 나도 죽을 것이고
그 전에 더 이상은 망설이지 않고
그대를 사랑할 것입니다.

그대와 내게
사랑보다 더 아름다운 것이란 없습니다.
그대의 사랑은 그대가 내 우주를
채울 때에만 피어납니다.

그대의 흔들리는 마음도
나의 사랑을 위해서만 삽니다.

버지니아 울프

유서를 써내리듯
두려움으로 지열함으로

버지니아 울프
1882년 1월 25일 ~ 1941년 3월 28일

〈버지니아와 레너드〉

　내 상처를 이해해 준 그대에게
　흐르는 저 강물을 바라보며
　당신의 이름을 목 놓아 불러봅니다.
　레너드 울프.

　제 처녀 때의 이름, 버지니아 스티븐이 당신과의 결혼으로 버지니아 울프가 된 것을 저는 한 번도 후회해본 적이 없습니다. 제 나이 예순, 인생의 황혼기지만 아직 더 많은 일을 할 수 있는 나이에 스스로 생을 마감할 생각입니다.

　제 자살이 성공한다면 세상 사람들은 우리 부부 사이에 무슨 문제가 있었을 거라고 입방아를 찧을지도 모르겠어요. 아이도 없는 터에 남편의 이해부족, 애정 결핍……, 이런저런 이야기가 나올까 솔직히 두렵습니다. 말도 안 되는 세상의 추측으로 당신이 상처받을까 걱정됩니다. 이 유서는 당신이 엉뚱한 구설수에 휩싸이지 않기를 바라는 마음에서 쓰는 것이랍니다.

1912년 결혼한 이래 30년 동안 제가 진정으로 사랑하였고, 저를 진정으로 아껴주었던 레너드. 30년이라는 그 오랜 세월 동안 차마 당신에게 말하지 못했던 제 생애의 비밀을 이 유서에서 털어놓으려 합니다.

저의 아버지 레슬리 스티븐은 윌리엄 메이크피스 새커리의 맏딸과 첫 결혼을 했지요. 저의 어머니 줄리아는 변호사 허버트 덕워스와 첫 결혼을 했고요. 아버지는 첫 번째 아내가 정신질환에 시달리다 죽자 이웃에 살던 미망인이었던 어머니와 재혼을 합니다. 속된 말로 홀아비와 과부의 결혼이었죠.

아버지는 딸이 하나 있었고, 어머니는 네 명의 자식이 있는 상태였습니다. 재혼한 두 사람 사이에서 오빠 토비, 언니 바네사, 저, 그리고 동생 애드리안이 줄줄이 태어났지요. 그리 넓지도 않은 집은 언제나 북적였습니다. 아홉 명의 아이와 어른 둘, 하인 일곱, 그리고 끊임없이 들락거리는 아버지의 친구들…….

다른 이들은 제가 운이 좋다고 할지도 모릅니다. 빅토리아 시대 최고의 지적인 분위기 속에서 성장했으니까요. 아버지는 작가, 문학평론가, 철학자로 명성을 떨치고 있었고, 대부는 시인 제임스 러셀 로웰, 사진작가 줄리아 마가렛 카메론은 어머니의 숙모였죠. 게다가 아버지 덕분에 당대 최고의 지성인들이 손님으로 드나들었습니다. 헨리 제임

버지니아와 아버지 레슬리 스티븐

아버지는 독재자로 군림하며
제게 길들여지기를 강요했습니다.

스, 조지 엘리엇······.

　아버지는 전기물을 비롯한 책을 골라주고 책을 읽고 난 뒤에는 꼭 토론하는 시간을 가졌습니다. 저명한 철학자에게 질문을 하고, 최고의 문학가와 대화할 수 있었습니다. 당시에는 여자가 공립학교에 다닐 수 없었지만 아버지는 가정교사도 붙여주었지요. 자유주의와 지성이 적절하게 혼합된 환경에서 자극을 받아 어릴 때부터 작가가 되겠다고 결심을 한 건 사실입니다. 제가 언제나 작품에서 말하고자 했던 윤리,

양심에 관한 의문도 어린 시절 아버지가 제게 심어줬던 것이었습니다.

하지만 아버지는 빅토리아 시대 가부장적 가족제도 하에서 독재자로 군림하며 제게 길들여지기를 강요하기도 했습니다. 예민한 제게는 억압적이고 우울하기만 했습니다.

우리 집에서는 빅토리아 시대와 에드워드 시대가 항상 대치했습니다. 아침 10시에서 오후 1시까지, 저는 플라톤의 〈공화국〉을 읽으며 에드워드 시대를 즐겼습니다. 모든 인간이 평등하고 자유로울 수 있는 시간이었습니다. 여성은 혼자 출입할 수 없다며 입구에서 가로막는 대학 도서관 직원에게 당당하게 항의할 수도 있었습니다. 12살 때 갔던 로댕의 전시회에서는, 천으로 덮어놓은 건 절대 만지지 말라는 로댕의 말이 끝나기도 전에 천을 들어 올렸다가 로댕에게 따귀를 얻어맞기도 했지요.

그러나 오후 4시가 넘어서면, 전 이브닝드레스로 갈아입고 빅토리아 시대를 맞을 준비를 해야 했습니다. 옷차림마저도 조지 오빠의 검열을 받아야 했습니다. 그 역겨운 눈초리에 소름끼치는 걸 참아야 했습니다. 오빠의 맘에 들지 않으면 언제든 옷을 갈아입어야 했지요.

처음에는 남자들의 대화에 끼어들기도 했습니다. 아버지는 눈살을 찌푸렸고, 어머니의 조용한 목소리로 제 말을 막았지요. 다행히 전 빅토리아 사교계의 규칙을 금세, 철저히 익힐 수 있었습니다. 전 벙어리처럼 입을 다물고, 남자들의 의견에 맞장구치며 박수를 치고, 부탁으로 가장한 남자들의 명령에 복종했습니다.

가끔 제가 쓴 글에서 그 시절 익혔던 유순함이나 공손함을 발견할 정도로 전 길들여져 있었습니다. 하지만 전 끊임없이 반항하고 저항했습니다. 절 거부했던 케임브리지 대학의 강연요청을 거절한 것도, 맨체스터대학과 리버풀대학의 명예박사학위를 거절한 것도, 제 자유를 지키기 위한 것이었습니다. 가끔은 노출이 심한 옷차림으로 파티에 참석해 명망 있는 귀부인들을 기절시키게도 했지요. 제 도전적인 행동이 사회에 불러일으킨 파장이, 저에게는 마냥 즐겁기만 했습니다.

빅토리아 시대의 여성상이었던 어머니. 소문난 미인으로 문학계의 안주인이었던 어머니. 가난한 사람들을 돌보고, 그들이 병이라도 나면 밤새 간호하시던 봉사정신이 강한 어머니. 그런데 우습게도 어머니는 자신의 아이들에게는 소홀했습니다. 전 어머니보다 언니 바네사에게 더 많은 보살핌을 받았으니까요.

제 생애의 불행은 여섯 살 때부터 시작됩니다. 큰 의붓오빠인 제럴드 덕워스가 어머니가 없는 틈을 타 저한테 못된 짓을 하기 시작했습니다. 자기와는 신체 구조가 다른 저를 세밀히 관찰하고 여기저기를 만졌습니다.

그 시절부터 저는 몸에 대한 혐오감과 수치심을 갖게 되었습니다. 나아가 성에 관련된 것이라면 무조건 배격하는 마음도 갖게 되었지요. 사교계의 아름다운 안주인이자 가난한 이들을 돌보는 착한 귀부인이었던 어머니는 제 고통에 신경 쓰기에는 너무 바빴습니다.

불행은 설상가상으로 몰아닥쳤죠. 마지막에는 제 보호막이 되어줄 수 있으리라 기대했던 어머니는 이웃사람을 간병하다 전염이 되어 제가 열세 살 되던 해에 돌아가셨습니다.

처음으로 전 신경쇠약을 앓게 되었습니다.
실질적인 가장이었던 어머니의 죽음으로
살림은 엉망진창이 되었습니다.

하지만 아버지는 아내를 잃은 상심에 젖은 채 온 집안의 분위기를 더욱 암울하게 만들 뿐이었습니다.

열세 살 위의 의붓언니 스텔라가 살림을 맡았지요. 저를 잘 이해해 주던 언니 덕분에 제 신경쇠약은 가라앉는 것 같았습니다. 하지만 스텔라 언니는 결혼해서 집을 떠났습니다. 게다가 2년 후에는 임신합병증으로 세상까지 떠나버렸죠. 두 번째 죽음의 충격이 저를 거칠게 때려눕혔습니다.

제 날개는 부서져버렸고,
전 번데기 안에서 움쭉도 못하는 채로
잔뜩 구겨져
덜덜 떨기만 했습니다.

겨우 열여덟 살이던 언니 바네사가 살림을 맡게 되었습니다. 그리고 아버지마저 암에 걸려 몸져눕고 말았습니다. 아버지는 죽은 가족들과의 아름답고 즐거운 추억까지도 혐오와 슬픔으로 바꾸어버렸습니다. 이해할 수 없는 아버지의 이기주의 때문에 우린 그를 증오하기 시작했습니다.

나날이 신경질이 심해지시는 아버지의 병간호는 힘들어도 감당할 수 있었습니다. 그런데 이번에는 사춘기를 막 넘긴 작은 의붓오빠 조지 덕워스가 저에게 못된 짓을 하기 시작했습니다. 그렇지 않아도 의지할 데 없어 심리적으로 불안했던 저는 무방비 상태에서 그런 일을 수시로 당하며 거의 미칠 지경이 되었습니다.

아버지는 점점 더 완고하고 자기중심적이 되어갔고, 두 의붓오빠들은 번갈아 저를 괴롭혔습니다. 어항 속에서 고래와 갇혀 있어야 하는 피라미 신세였습니다. 그 당시 집에 책이 없었더라면 전 어떻게 되었을까요? 아버지의 전처럼 미쳐서 죽지 않았을까요? 다행히 대영전기사전의 책임 집필자였던 아버지 덕에 우리 집 서재는 방대할 정도였습니다. 저는 현실의 불행에서 도피하기 위해 책에 파묻혀 지냈습니다.

야수와 함께 우리 안에 갇혀 있는 것만 같았던 시절이었습니다. 그 불행한 시절이 아버지의 죽음과 함께 끝이 났는데도 제 정신상태는 나아지지 않았습니다. 그 끔찍한 고통에 전 창문에서 몸을 던져 죽으려 했습니다. 물론 실패하고 말았지요.

아버지 혹은 어머니가 달랐던 형제자매들은 제각기 흩어졌습니다. 아버지와 어머니가 같았던 우리 형제자매들은 블룸즈버리 지역으로 이사했습니다. 대영박물관이 가까이 있는 가난한 지식인들과 예술가들이 많이 사는 허름하고 조용한 동네였지요. 바네사 언니는 나를 위해 비좁고 침침했던 옛집과는 달리 집 안을 환하게 꾸며주었습니다.

케임브리지대학에 다니던 토비 오빠는 대학에서 문학을 같이 공부하는 친구들을 목요일마다 집으로 초대했습니다. 바네사 언니는 금요일마다 미술가들을 초대했고요. '목요일 저녁'과 '프라이데이 클럽', '블룸즈버리 그룹'의 시작이었지요.

소설가 E.M.포스터, 경제학자 존 메이너드 케인즈, 미술 비평가 클라이브 벨, 화가인 도라 캐링턴과 덩컨 그랜트, 전기 작가이자 수필가 리튼 스트레이취, 화가이자 비평가 로저 프라이……, 그리고 당신 레너드 울프. 당신은 실론에서 공무원으로 일할 당시 캘거타 스위프를 통해 번 돈으로 우리 모임을 뒷받침해주었지요.

인생, 정치, 경제, 예술, 철학, 문학……, 세상의 모든 문제에 대해 자유롭게 대화하던 젊은 영혼들. 우린 기존의 권위를 조롱하고 파격적인 행동으로 악명에 가까운 명성을 얻었지요.

당신도 기억하나요, 붕가붕가 사건을? 윌리엄 콜이 꾸몄던 최고의 사기극이었죠. 우리는 대충 얼굴에 검은 칠을 하고, 수염을 붙이고, 아프리카인으로 분장을 하고는 군함을 찾아갔었죠. 영국 해군의 주요

블룸즈버리 그룹
왼쪽부터 리턴 스트레이치, 비타 색빌웨스트, 버지니아 울프이다.

인생, 정치, 경제, 예술, 철학, 문학⋯⋯.
세상의 모든 문제에 대해
자유롭게 대화하던 젊은 영혼들.
우린 기존의 권위를 조롱하고 파격적인 행동으로
악명에 가까운 명성을 얻었지요.

붕가붕가 사건
가장 오른쪽이 주동자인 윌리엄 콜이고
가장 왼쪽이 당시 28살이었던 버지니아 울프이다.

인사들은 우리가 아비시니아[1] 왕과 수행원이라는 말에 감쪽같이 속아 우리를 VIP로 대접해주었습니다. 우리는 서투른 라틴어로 급조해낸 대화를 하는 척 하다 말문이 막히면 "붕가붕가"라고 내뱉었죠. 직업도 없는 백수들이 영국 왕정제에 한 방 먹인 사건이었죠.

친구의 소개로 〈가디언〉지에 정기적으로 기고하며 원고료를 벌기 시작했고, T.S. 엘리어트와 사귀고, 모두가 부러워하는 '블룸즈버리 그룹'에 속해 있었지만 전 늘 외로웠습니다. 그들 속에 있으면서도 내 자리가 아닌 듯 불안했습니다.

저는 당신과 결혼하기 전까지만 해도
사람들 앞에 나서는 것을
너무나 무서워했습니다.

게다가 전 사춘기 시절부터 정신과 치료까지 받아야 했죠. 동생 애
드리언이 정신분석학자가 된 것도 제 병과 연관이 있을 거예요. 그래
도 가족이 있어 견딜 수 있었습니다. 하지만 토비 오빠는 그리스 여행
중 걸린 장티푸스로 갑자기 죽어버리고, 바네사 언니는 그 상실감에
몇 번이나 거절했던 클라이브 벨의 청혼을 받아들였습니다.

서른 살,
전 결혼도 하지 않았고,
아이도 없는 실패한 인생이었습니다.
온전한 정신도 아니었고, 작가도 아니었습니다.

그해 봄, 세 번째 발작을 일으켜 요양소에 입원까지 했었지요. 살아
갈 이유가 절실히 필요한 때에 오빠의 친구라고만 생각했던 당신이
청혼했습니다. 사실 당신은 저보다 바네사 언니에게 더 관심이 있었
죠. 저와 달리 바네사는 강하고 활기 넘쳤으니까요. 언니가 클라이브
벨과 결혼하지 않았더라면, 남동생 토비가 우리 둘을 연결하기 위해
그렇게 적극적이지 않았다면, 당신은 제게 청혼하지 않았을 거예요.

당신이 청혼했을 때 저는 두 가지를 요구했습니다. 보통 사람들처럼 부부관계를 가지지 않겠다, 작가의 길을 가려는 나를 위해 공무원 생활을 포기해달라. 당신이 동의할 거라고 기대하지 않았습니다. 그런 요구를 하는 여자에게 자신의 모든 것을 거는 남자는 없을 테니까요. 하지만 그 이상한 조건의 결혼생활에 당신은 아무런 질문 없이 동의해주었지요. 인간의 기본적인 욕구인 성욕을 버리고, 남들이 우러러보는 사회적 지위를 팽개치고 결혼하겠다는 사람은 레너드, 당신 이외엔 없을 거예요.

그래서 유대인을 싫어하던 제가 유대인과,
성관계를 혐오하던 제가 남자와
레너드 당신과 결혼하게 되었지요.

제 처녀 때의 이름 버지니아 스티븐이 당신과 결혼하면서 버지니아 울프가 된 것을 저는 한 번도 후회해본 적이 없습니다. 당신은 가족이었고, 친구였고, 동료였습니다. 제 매니저이면서 개인주치의였습니다. 매일 제 생리주기와 몸무게까지 기록했으니까요.

결혼 직후, 첫 생일이 생각납니다. 저를 위해 당신이 선물한 행복한 하루였죠. 제가 잠에서 깨자 당신은 침대까지 식사와 신문을 가져다주었습니다. 《The Abbot》 초판본과 녹색 핸드백 선물도 함께였죠. 우린 열차를 타고 시내 극장에 갔죠. 비록 영화는 못 봤지만 차를 마

그래서 유대인을 싫어하던 제가 유대인과,
성관계를 혐오하던 제가 남자와
레너드 당신과 결혼하게 되었지요.

버지니아와 레너드
1914년

시며 들뜬 마음으로 결혼생활을 계획했습니다. 그때 그 순간처럼 저
는 당신을, 당신은 저를, 여전히 사랑하고 있습니다.

그 사랑이 있었기에 《플러시》를 쓸 수 있었습니다. 사실 진 엘리사
베스 브라우닝의 사랑이 아니라 당신이 제게 주셨던 사랑을 기억하고
싶었으니까요. 너무 많이 팔리는 바람에 할 일 없이 쓸데없는 수다를
떠는 귀부인 꼴이 되긴 했지만.

진정제인 베로날을 잔뜩 집어삼키고 자살을 시도했을 때, 모두들 저를 손가락질했습니다. 하지만 당신은 오히려 저를 따뜻이 감싸안 아주었지요.

모두들 이젠 모든 것이 끝났는데
왜 아직도 고통스러워하냐고 물었습니다.
아뇨.
저에게 고통은 언제나 현재형이었습니다.
상처를, 고통을, 절망을 끊임없이 반추하며
작품을 써야 했으니까요.
길거리 보도블록이 깨져 깊게 패인 것처럼,
저에게 인생은 항상 슬펐습니다.

《델러웨이 부인》의 셉티머스는 제 자신의 분신이었습니다.《등대로》의 까다로운 젊은 학자 램지는 제 아버지였고, 남편에게 헌신하는 램지 부인은 제 어머니였습니다. 그들의 자녀는 제 형제자매였고요.《밤과 낮》은, 당신의 소설 《현명한 처녀》에 대한 답신이었습니다.《로저 프라이》는 로저와의 우정을 잃은 절망이었고,《올란도》는 비타 색빌 웨스트의 사랑을 잃은 슬픔이었지요.

비평가들은 제 작품이 죽음을 다루는 경우가 많아 우울하고 슬프다고 하지요. 하지만 전 죽음만큼 그와 대비되는 삶을 찬양하기도 했습니다. 과거가 어떻게 현재를 만들었건, 주어진 삶은 예찬받을 만한 것이니까요. 전 그저 항상 개인의 의식 속에서 지나가고 있는 시간의 느낌과 경험에 대해 전하려고 노력했습니다. 인생은 심연 위에 걸쳐 놓은 한 가닥 다리와 같이 비극적이었습니다. 아래를 내려다보면 너무 까마득해 어지러웠습니다. 끝까지 걸어갈 자신이 없었습니다. 언제나 축 처진 느낌이었습니다. 좁은 방 끝까지 걸어 나가기도 힘들었습니다.

하지만,
글을 쓰면 슬픔이 사라졌습니다.
글을 쓰지 않으면 더 우울했습니다.
글을 쓸 때면 제가 살아 있는 것 같았습니다.
더 이상 한 줄도 쓸 수 없게 될 때까지
저는 글을 써나갈 작정이었습니다.

저는 사람들을 즐겁게 하기 위해, 또 타인의 생각을 바꾸기 위해 글을 쓰지 않았습니다. 그저 살아가기 위해 제 자신의 주인이 되기 위해 글을 썼습니다.

당신은 과거의 고통, 상처, 절망에서 빠져나오시 못하는 저를 이해하려 노력했지요. 우리가 살던 집의 이름을 딴 '호가스 출판사'는 제게 삶의 이유를 만들어주고 싶었던 당신의 가장 큰 선물이었습니다. 우울증과 죽음. 제가 그 어두운 그림자를 떨칠 수 있을까요? 당신과 함

저는 사람들을 즐겁게 하기 위해, 또 타인의 생각을 바꾸기 위해
글을 쓰지 않았습니다.
그저 살아가기 위해
제 자신의 주인이 되기 위해 글을 썼습니다.

버지니아 울프

께 했던 여행들이 떠오릅니다. 이탈리아, 그리스, 아일랜드, 영국, 스코틀랜드……. 그 머나먼 곳까지 어두운 그림자는 저를 따라왔습니다.

제가 사랑하던 모든 이들이 떠나갔습니다. 로저 프라이, D.H.로렌스, 아놀드 베네트, 존 골즈워지, 조지 무어, 스텔라 벤슨, 리튼 스트레이치, 시빌 케링튼, 데이비드 가네트……. 자유로운 영혼으로 나와 교감했던 그들의 죽음을 대할 때마다 미칠 것 같았습니다. 대기는 장례식으로 꽉 차 있고, 저는 비극 속에 파묻혀 있었지요.

2차 세계대전 때문에 우린 피난길에 나섰지요. 당신이 유태인이라는 이유도 있었지만 전쟁이 제 신경을 자극했기 때문이었습니다. 서섹스주 로드멜의 우즈 강 근처 시골집. 조용한 전원생활처럼 제 불안 증세가 가라앉기를 바랐습니다. 하지만 오히려 제 증세는 심해지기만 했습니다.

유럽이 세계 대전의 회오리바람 속으로 빨려들 때 모든 남성이 전쟁을 옹호하였고, 당신마저도 참전론자가 되었죠. 앞길이 창창한 시인이었던 조카 줄리앙은 스페인 내전에서 앰뷸런스 운전사로 일을 하다 죽어버렸지요. 전쟁은 제게 익숙한 것이었습니다. 저는 항상 전투 태세로 살아왔으니까요. 저는 지난 30년 동안 남성 중심의 이 사회에서 여성의 존재가 제대로 인정받게 하기 위해 부단히 싸웠습니다. 오로지 글로써.

《자신만의 방》에서는 여성이 작가가 되기 위해서는 혼자만의 공간과 연 500파운드의 고정수입이 있어야 하며 경제력은 참정권보다도 중요하다고 해서 이런저런 말을 많이 들어야 했지요. 어느 신문기자는 제가 페미니즘 문학의 대모라고 하더군요. 그 기자는 제가 '페미니즘'이란 단어 자체를 혐오한다는 걸 몰랐나 봅니다.

평생을 세상과 전쟁을 하며 살아왔지만, 저는 지금 이 전쟁에 반대합니다. 생명을 잉태해 본 적은 없지만 모성적 부드러움으로 이 전쟁에 반대합니다. 광적인 폭력이 폭발하는 모습은 더 이상 보고 싶지 않았습니다. 전 광적인 애국심의 바닥에 깔려 있는 억압적인 구조를 해석하려고 무던히 노력해왔습니다.

《3기니》와 《세월》에서 폭력과 전쟁의 원인을 밝혔었지요. 전쟁은 기득권 유지를 위한 또 다른 수단에 불과했습니다. 불평등을 위한 전쟁은 이제 멈추어야 합니다. 인간 모두가 평등하게 해방돼야 비로소 여성도 해방될 수 있으니까요. 사람들이 '인류'라는 공동체가 더 중요한 가치를 깨닫기 바랐습니다. 하지만 지금 온 세계는 전쟁을 하고 있습니다. 여전히, 미래에도 전쟁은 계속될 것입니다. 제 작가로서의 역할은 여기서 중단돼야 할 것입니다.

추행과 폭력이 없는 세상,
성차별이 없는 세상에 대한 꿈을 간직한 채,
저는 지금 저 강물을 바라보고 있습니다.

여보, 저는 제가 다시 미치고 있다는 것을 느낍니다. 여러 해를 끌어오던 소설 《막간》을 고치고 또 고치면서 전 극단적인 만족과 절망 사이를 오가야 했습니다. 다시 환청이 들려 일에 집중할 수가 없었으니까요. 새가 라틴어로 말을 걸기도 하고, 돌아가신 어머니가 절 야단치기도 했습니다. 우울증에서 벗어나기 위해 글을 썼습니다. 하지만 이젠 더 이상 글도 쓸 수 없습니다. 단어는 머릿속에서 맴돌기만 하고, 문장은 점점 더 짧아지고 있습니다. 한 달 전 완성한 《막간》이 제 유작이 될 것입니다.

두통은 점점 심해지고 있습니다. 하루에 30분도 제대로 못 자고, 지난 몇 주일은 침대에 누워 있기만 했죠. 며칠간 잠을 제대로 자지 못했습니다. 저도 알고 있습니다. 하루는 울면서 종일 한 마디도 하지 않다가 다른 하루는 수다쟁이가 되어 혼자서도 횡설수설하고, 어떤 하루는 당신에게 욕을 퍼붓고, 당신을 할퀴고, 때리기까지 했죠. 그런 저 때문에 결국 당신까지 우울증에 걸리게 만들고 말았네요.

언제나 제 곁을 머물던 단어, 자살. 이젠 그 단어가 당신까지 감싸버렸지요. 전쟁이 시작되면서 당신은 나보다 더 비관적이 되었습니다. 치명적인 양의 모르핀을 모으고, 언제라도 자동차 배기관에서 나온 연기를 들이마시고 자살할 수 있도록 차고에 여분의 휘발유를 비축해두었죠.

유태인인 당신에게 일어날 수 있는 일들을 예로 들면서 전쟁 중에 일어날 수 있는 만약의 사태에 대비해서라고 당신은 변명했습니다. 하지만 당신의 우울증이 심해지고 있다는 것을 숨길 수는 없었습니다. 누구보다도 제가 그 병의 증상을 가장 잘 알고 있으니까요.

어제, 당신은 절 억지로 병원에 데려갔죠. 며칠 전 제가 흠뻑 젖어왔던 게 맘에 걸려서라는 거 압니다. 전 빗길에 미끄러졌다고 변명했지만 당신은 믿지 않았지요. 예전에도 강물에 투신한 일이 있었으니까요. 예전처럼 의사와 상담을 하면 좀 나아질 거라 생각했나봅니다. 하지만, 저는 우리가 또다시 그러한 지독한 시간을 극복할 수는 없다고 생각합니다. 이번에는 다시 건강해지지 않을 것입니다.

당신은 놀라울 정도로 저를 참아냈고, 저에게 너무나 잘해주셨습니다. 이 병이 오기 전까지 우리는 완벽하게 행복했습니다. 처음 그날부터 지금까지……. 저는 어떤 두 사람도 우리들보다 더 행복할 수 있으리라고 상상할 수도 없습니다. 모두 당신 덕분입니다. 그건 누구나 다 아는 사실이지요.

누군가 저를 구할 수 있었다면
그것은 당신이었을 겁니다.
당신의 호의에 대한 확신 이외에
다른 모든 것이 저를 떠났습니다.

사랑하는 당신, 당신께 말하고 싶습니다. 당신은 너무나 착한 남편이었습니다. 그 누구도 당신보다 더, 아니, 당신만큼 잘해줄 수는 없었을 겁니다. 믿어주세요. 하지만 저는 이걸 결코 이길 수 없다는 걸 알고 있습니다. 저는 당신의 삶을 소모시키고 있어요. 이 광기는 당신의 삶을 갉아 먹고 있습니다. 저는 이렇게 살면서 당신의 남은 인생마저 망치고 싶지 않습니다. 더 이상은 싫습니다.

드디어 편지를 완성했습니다. 일어서서 글을 쓰는 버릇 때문인지 다리가 아파왔습니다. 전 잠시 의자에 앉아 휴식을 취했습니다. V. 라는 제 이름 이니셜을 적은 후, 파란색 봉투에 넣은 다음, 바네사 언니에게 보내는 또 다른 편지와 함께 거실의 테이블 위에 나란히 올려놓았습니다.

1941년 3월 28일 오전 11시. 마지막으로 당신의 모습을 보고 싶었습니다. 언제나 그랬듯 당신은 서재에서 글을 쓰고 있더군요. 하녀는 한창 집안일을 하고 있었고요.

전 모피 코트 차림에 지팡이를 들고 집을 나섰습니다. 정원을 가로지르고, 교회를 지나서, 상으로 내려간 다음, 강변을 따라 근처의 큰 다리가 있는 곳까지 걸었습니다. 몇몇 이웃 주민이 인사를 해왔습니다. 그들은 제가 산책을 한다고 생각했겠지요. 맞아요. 제 마지막 산책이었으니까요. 저도 간단한 인사를 해주었습니다.

누군가 저를 구할 수 있었다면
그것은 당신이었을 겁니다.

버지니아와 레너드
1926년, 멍크스 하우스에서

제가 죽으면

저 사람들은 무슨 말들을 할까요?

명성에 대해 생각하는 것은

부질없는 짓입니다.

인생은 아주 견실한 것일까요,

아니면 매우 덧없는 것일까요?

이 두 가지 모순은 곧 날아가버릴 것처럼 투명한 적도 있었고,

제 깊은 곳에 다다른 채 박혀 있기도 했습니다.

저는 파도 위의 구름처럼 지나가버릴 것입니다. 인간은 계속 변하고, 차례로 잇달아, 그처럼 빠르게 날아가기 때문에 스스로 빛을 발하는 것인지도 모릅니다. 그래서 저는 삶을 회피하지 않고 과감하게 싸우면서 삶의 의미를 찾기 위해 노력했습니다.

하지만 언제나 제 안에서는 실패의 파도가 일렁입니다. 불합리한 고통의 파도가 밀려듭니다. 파도가 부서질 때면 죽고 싶었습니다. 제 삶이 아직도 남아 있다는 것이 공포스러웠습니다. 더 이상 제 삶을 고통으로 낭비하고 싶지 않습니다.

이제 완연한 봄입니다. 봄날 특유의 노곤함이 몰려오고 있습니다. 발끝에 스치는 초원은 촉촉했습니다. 강물은 많이 불어 있었습니다. 저 강은 흘러서 바다로 향하겠죠. 어릴 적 여름휴가를 보냈던, 세인트 에이브스의 별장 앞의 바다로 절 실어다줄 수 있겠죠.

강둑에서 큼직한 돌멩이를 주웠습니다. 코트 주머니는 금세 불룩해졌습니다. 돌의 무게에 미끄러져 넘어졌습니다. 드레스가 진흙범벅이

인생은 아주 견실한 것일까요,
아니면 매우 덧없는 것일까요?

이 두 가지 모순은 곧 날아가버릴 것처럼 투명한 적도 있었고,
제 깊은 곳에 다다른 채 박혀 있기도 했습니다.

말년의 버지니아

되었지만 괜찮습니다. 그리고 강물로 향했습니다. 천천히 스며드는 강물은 아직 차가웠습니다. 그래도 걸었습니다. 물에 젖은 신발이 무거워 벗어던졌습니다. 그나마 걷기 편해졌습니다. 거센 물살에 치마가 다리에 휘감겼습니다. 여전히 걸어야만 했습니다. 더 이상 필요 없는 지팡이도 던져버렸습니다. 계속 걸을 수 있었습니다.

마침내,
제 시계는
11시 45분을 가리키며
멈추었습니다.

Dec. 10th 1922

My dear Jacques,

It was very nice to get your letter – to which Gwen's handwriting adds an unmistakable smack of that lost but unforgotten woman. I'm glad you liked Jacob better than the other novels; one always wishes the last to be best. I'm not blind, though, to its imperfections, – indeed this more an experiment than an achievement. Is your art as chaotic as ours? I feel that for us writers the only chance now is to go out into the desert & peer about, like devoted scapegoats, for some sign of a path. I expect you got through your discoveries sometimes earlier. All this, however, we will chatter about endlessly when we meet.

But when? I say the end of March. This depends, for us, upon arrangements with the Nation, for which Leonard has to write a weekly article on foreign politics. Still, we do mean to come, & have promised to take a boat from Marseilles & go on to Spain to stay with a solitary eccentric young man, called Brenan, who is trying to learn to write upon a mountain near Granada. Do you know him? Ought we to arrange about

버지니아의 유서

버지니아와 레너드의 사랑, 그 후 이야기

그녀가 강물 속으로 걸어 들어가고 있을 때, 레너드는 멍크스 하우스 정원에서 일을 하고 있었다. 그리고 언제나처럼 점심을 먹기 위해 집으로 온 레너드는 벽난로 위에서 버지니아의 편지를 발견했다. 오후 1시경이었다. 레너드는 하녀에게 경찰에 신고하라고 말한 뒤, 아내를 찾아 밖으로 뛰어나갔다. 강물 위에 떠 있던 지팡이를 단서로 삼아 경찰과 주민들이 강바닥을 수색했지만 시체는 발견되지 않았다.

그로부터 20일 뒤인 4월 18일, 자전거 여행 중이던 다섯 명의 10대 소년 소녀가 우즈 강에 떠내려가는 사람 시체를 발견했다. 경찰이 시체를 수습해 가까운 안치소로 옮겼고, 레너드가 아내임을 확인했다. 검시관은 사망확인서에 그녀의 이름을 적었다.

'출판업자 레너드 시드니 울프의 아내인 여류작가 아델린 버지니아 울프.' 레너드는 멍크스 하우스의 정원에 있는 느릅나무 밑에 버지니아의 재를 뿌렸다. 그녀가 가장 좋아했던 나무였다. 나무 밑 비석에는 《파도》의 마지막 구절이 새겨졌다. '너에 대항해 굽히지 않고 단호히 내 자신을 던지리라. 죽음이여!' 레너드는 버지니아의 자살 후 공예가인 트레키 파슨스와 연인으로 지냈으며 버지니아의 일기를 편집해 출판하기도 했다.

버지니아 울프의 이름을 모르는 사람은 드물다. 그리고 그녀의 소설을 읽어본 사람은 더 드물다. 우습게도 버지니아 울프는 자신의 작품이 아닌 다른 이의 작품으로 그 이름을 더 많이 알렸다.

에드워드 올비의 《누가 버지니아 울프를 두려워하랴?》라는 희곡은 리처드 버튼과 엘리자베스 테일러 주연의 영화로도 만들어졌다. 앨런 베넷은 《나요, 내가 버지니아 울프를 두려워합니다》라는 제목의 희곡을 발표하기도 했다. 마이클 커닝햄이 《댈러웨이 부인》과 《세월》을 모티브로 재창조한 소설 《세월》은 퓰리처상과 펜 포크너상을 수상하며 니콜 키드먼 주연의 영화로도 만들어졌다. 박인환의 시 〈목마와 숙녀〉에도, 피천득의 수필 《인연》에도 버지니아의 이름은 빠지지 않는다.

하지만 호기심에 버지니아의 소설을 펼쳤던 사람들은 금세 책을 덮고 만다. 버지니아 울프에 의해 시도된 '의식의 흐름' 기법은 말 그대로 인간 내면의 심리를 따라 이야기가 전개된다. 대부분의 소설처럼 버지니아의 소설은 첫 부분에서 앞으로 벌어질 이야기 속의 인물이나 배경, 사건 등을 친절하게 설명해 주질 않는다. 그냥 느닷없이 어느 시점, 어느 장소 속의 인물 마음속으로 들어가버린다. 게다가 화자가 시도 때도 없이 바뀌고, 배경은 시공을 넘나든다. 당혹스러우리만큼 버지니아의 소설은 독자에게 불친절하다. 인물, 시간, 줄거리가 완전히 해체되어 너덜너덜해진 이야기는 집중을 방해한다. 최선을 다해 집중해도 '인간의 의식'처럼 복잡하고 광활하며 이해하기 어렵다.

게다가 소설의 주제는 무거운데다 흥미롭지도 않다. '버지니아는 정치와 무관하게 산 정치적 동물이다'라는 레너드 울프의 말처럼 버지니아는 사회운동에 적극적이진 않았지만 글을 통해 정치와 사회문제에 개입했다. 그녀는 글 속에서 권력, 계급, 폭력, 억압 등 다양한 주제를 다루면서 사회구조와 제도를 분석하고 그 이면에 깔린 상징들을 끊임없이 폭로했다.

그녀는 글 속에서 이분법적 가치관이 지배하는 세상에 대해 끊임없이 경고했다. 우리는 그녀의 글을 연구하고 재해석하며 대안을 모색한다. 몇백 년이 지난 지금도 그녀의 소설은 충분히 새롭고, 놀라울 정도로 실험적이며, 아직도 혁명적이라 칭찬한다. 그러면서도 우리는 그녀의 사랑을 우리만의 가치관으로 저울질하고 판단해 사랑이 아니라며 짓밟아버렸다. 단지 우리들의 '평범한 기준'과 다르다는 이유만으로, 우리들의 평범한 기준을 버거워했던 버지니아를 또다시 강물 속으로 밀어 넣는다.

세상에 틀린 사랑은 존재하지 않는다. 다른 사랑이 존재할 뿐이다.

세상 누구와도 달랐던 그녀, 그 세상에 자신을 끼워 맞추느니 차라리 자신을 부서뜨리는 것을 선택했던 그녀……. 그녀를 차갑고 깊은 강물로 밀어 넣은 건 자신의 기준과 판단만이 옳다고 고집하는 우리 모두였다.

강으로 걸어 들어가면서도 그녀가 걱정했던 건 단 하나였다. 세상과 다른 그녀를, 아무런 설명조차 하지 않았던 그녀를 이해하고 받아들여주었던 단 한 사람, 레너드……. 강물에 떠내려가면서도 그녀가 염려했던 건 단 하나였다. 그녀가 없는 세상, 우리의 편견 속에 홀로 남겨져 고통받아야 하는 레너드…….

이제 우리의 어리석은 편견은 내려놓자. 죽음의 순간까지 레너드를 지켜주고 싶어 했던 그녀의 사랑까지 어두운 강물로 밀어버리지 말자. 그녀는 강물 속으로 사라졌지만 그녀의 사랑은 아직도 그 강물과 함께 흐르고 있으니…….

자신을 완전히 드러내는 사랑은 시작부터 쉽지 않다. 하지만 그 어려운 시작 덕분에 나머지는 오히려 순탄한 법이다. 벌거벗은 진실에 상대가 도망가버린다 해도, 어이없는 사실에 사랑이 깨진다고 해도, 속고 속이며 사랑이라 믿다가 배반당하고 상처입고 아픈 것보다는, 진실 때문에 산산조각이 난 사랑에 미리 아파하는 게 낫다.

"1940년 10월 9일 출생. 1966년 오노 요코를 만남"

존 레논이 쓴 단 한 줄의 프로필

영호으로 몸짓으로
사랑을 노래하다

One Yoko

and John Lennon

오노 요코
1933년 2월 18일 ~ 현재까지 생존

〈전쟁은 끝난다. 당신이 원한다면〉
1969년 크리스마스 직전,
오노 요코와 존 레논은
런던의 애플사 사옥 앞에서 평화성명서를 낭독하였다.
그들이 제작한 사진 속의 대형 포스터는
전 세계 11개 대도시를 뒤덮었다.

일본 왕가의 후손이자 부유한 은행가 아버지 오노 에이스케. 야스다 자이바츠 창립자의 손녀인 어머니 오노 이소코. 부러울 것이 없는 가족, 남들의 부러움을 사는 가족, 그게 나의 시작이었다.

사람들은 말한다. 난 많은 것을 가지고 태어난 아이라고. 맞다. 다른 아이들이 굶주릴 때 난 예쁜 드레스를 입고 피아노를 배웠다. 피아니스트를 꿈꿨던 아버지는 언제나 클래식 음악을 틀어댔고, 화가가 되고 싶어 했던 어머니는 비싼 그림으로 집 안을 채웠다. 불교신자인 어머니와 기독교인 아버지 덕분에 난 종교의 선택까지 풍족했다. 따지고 따지던 집안사람들 때문에 수없이 많은 교육을 받았다. 아버지는 피아니스트가 되길 원했다. 하지만 난 작곡가가 되기로 결심했다. 누군가가 창조한 것을 재생하는 것은 싫었다. 내가 무언가를 만들어내고 싶었다.

사람들은 말한다. 내가 가진 것에 만족하지 못하는 나쁜 아이라고. 맞다. 남들이 부러워하는 경제력, 집안, 전통……. 그딴 건 필요 없었다. 그저 자유가 그리웠다. 언제나 답답하고 짜증이 났다. 항상 어디론가 떠나고 싶었다. 다행히 아버지는 이리저리 옮겨다녔다. 도쿄, 뉴욕, 하노이……. 하지만 그 많은 곳에서도 난 항상 어디론가 떠나고 싶은 '아웃사이더'였다.

그리고…… 전쟁이 있었다. 아버지는 전쟁 포로가 되었다. 어머니는 음식을 사기 위해 집 안의 물건들을 내다 팔았다. 도쿄, 아자부, 가루이자와……, 끝나지 않을 것 같던 피난길. 마침내 나까지 음식을 구걸하기 위해 손수레를 끌고 길바닥에 나서야 했다. 아이들의 손가락질과 놀림, 어른들의 동정과 멸시. 처음으로 경험하는 약자의 고통이었다.

끝날 것 같지 않던 전쟁도 결국 끝났다. 난 다시 돌아왔다. 다른 이들의 부러움을 사는 인생으로. 하품이 날 것처럼 지루한 그 인생으로. 다시 탈출을 꿈꿨다. 다시 자유가 그리웠다.

귀족학교 가쿠슈인 대학의 철학과, 사라 로렌스 대학의 철학과 등등 많은 학교를 거쳤지만 내가 원하는 건 아니었다. 내 열정을 쏟아부을 무언가를 찾기 위해 세계를 떠돌았다. 하지만 그 무엇도 날 붙잡아둘 만큼 끌어당기지 못했다. 그리고 마침내 '플럭서스[2]'를 만나게 되었다. 처음으로 떠나고 싶지 않았다. 내가 원하는 모든 것이 플럭서

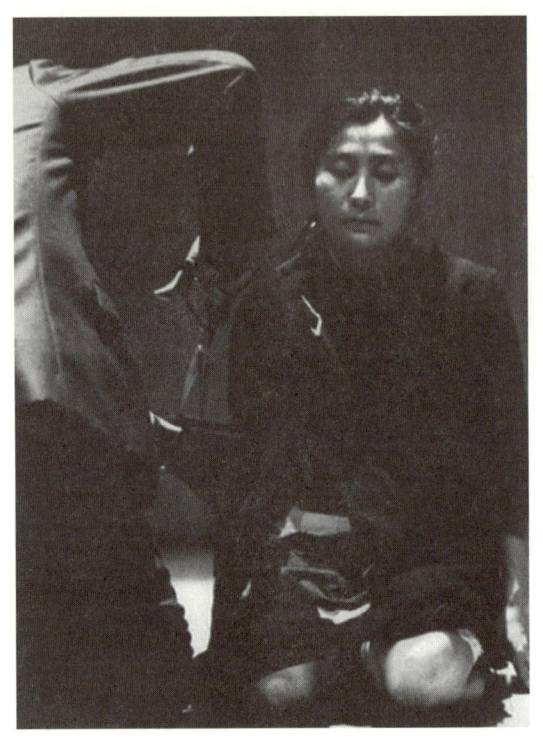

컷피스 Cut Pieces
1964년. 카네기 리사이틀 홀. 뉴욕.
지시문 : "무언가를 잘라라"

좌악, 남자의 가위질에도 그녀는 무표정하다.
사각, 가위는 조명에 시퍼런 날을 번쩍인다.
찌악, 그녀의 옷이 찢기고, 그녀의 알몸이 드러난다
사각, 사람들이 무관심하게 보던 광경이 그녀에겐 상처다.

사람들이 흥미로만 보는 드러난 맨살이
그녀에겐 고통이다.

스 안에 모두 있었으니까.

스물네 살, 집안의 반대를 무릅쓰고 줄리어드 음대에 다니던 가난한 일본인 전위작곡가 이치야나기 토시와 결혼했다. 결혼만이 아버지의 영향권에서 벗어날 수 있는 방법이었으니까. 드디어 자유였다. 거리낌 없이 남자를 만나 섹스를 즐겼고, 망설임 없이 낙태를 했다. 미술가, 무용가, 음악가……, 수많은 사람들과 만났고 미친 듯이 작업했다.

31살, 영화 제작자인 안토니 콕스와 결혼했다. 안토니의 아이를 임신 중이었다. 하지만 이치야나기 토시와의 이혼은 법적으로 마무리되지 않은 채였다. 세상은 왜 그리 거쳐야 할 복잡한 절차가 많은지 그깟 법적 절차 따위를 무시한 게 왜 나쁜 건지 난 이해할 수 없었다. 결국 안토니 콕스와의 결혼은 무효가 되었다. 가족들의 비난, 사회의 편견에 미칠 것 같았다. 정말 죽어버리고 싶었다. 단 한 번의 자살시도에 가족들은 날 도쿄의 정신병원에 가둬버렸다. 안토니가 날 정신병원에서 빼내기 위해 도쿄까지 와야만 했다. 결국 가족들도 두 손을 들었다.

모든 법적 절차를 거친 후 우린 결혼했다. 그리고 딸 교코 찬 콕스를 낳았다. 교코는 사랑스러웠다. 하지만 어머니 역할은 낯설고, 서툴렀으며, 재미도 없었다. 반면에 내 작업은 서서히 세상의 인정을 받아가고 있었다. '플럭서스'라는 개념이 사용되는 곳이라면 어디든 내 이름이 빠지지 않았다.

누군가의 아내로 지내기엔,

난 아직도 해야 할 일이 너무 많았다.

누군가의 어머니로 머무르기엔,

난 아직도 하고 싶은 것이 너무 많았다.

결국 난 혼자 뉴욕으로 돌아와 버렸다. 안토니는 교코를 데리고 날 따라서 뉴욕으로 왔다. 하지만 이미 멀어진 사이는 좀처럼 메워지지 않았다. 난 다시 영국으로 떠났다. 누군가 스폰서가 될지도 모른다며, 비틀즈 멤버 폴 매카트니를 소개해 주었다.

내가 비틀즈 멤버 중 이름을 아는 사람은 링고뿐이었다. 미안하지만 그것도 일본어로 '사과'와 비슷해서였다. 폴 매카트니는 나의 재정 지원 요청에 대해 모호하게 대답하며 존 레논이 관심 있을지도 모르니 소개해주겠다고 했다. 거절의 대답을 돌려서 하는 거라고 생각했다. 못 알아들은 척 끝까지 매달리는 건 내 자존심이 허락하지 않았다.

영국 전시회 오픈 전날, 한 남자가 전시회에 들어왔다. 난 전시회 준비에 바빠 남자를 내버려두었다. 남자는 〈천장화〉를 보기 위해 사다리를 올라갔다 돋보기를 들고 "yes"를 바라보는 남자는 굳어버린 것 같았다. 내 작품을 이해하는 관객이라면 언제나 환영이었다. 그제야 난 남자에게 다가갔다.

남자는 이제 〈못을 박는 그림, Painting to Hammer a Nail, 1966〉 앞에 서

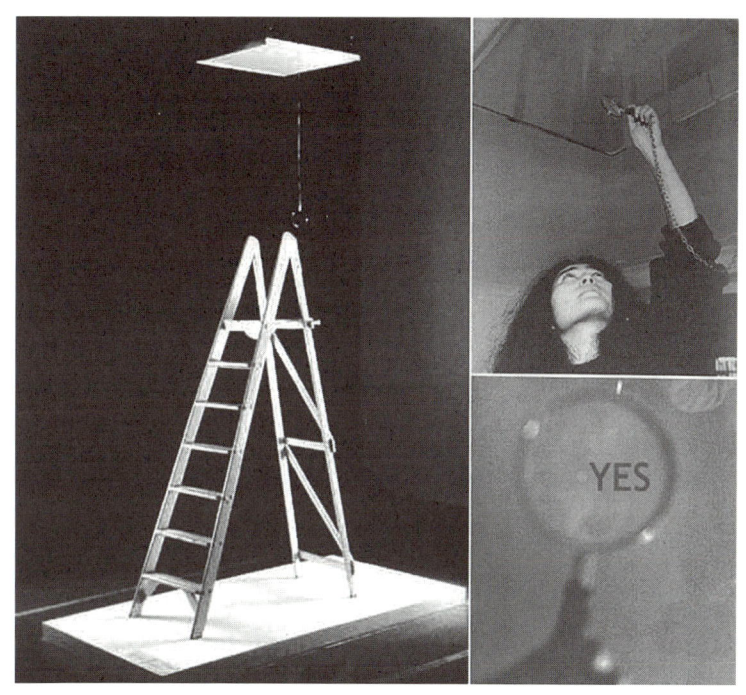

천장화 Ceiling Painting
1966년
지시문 : "사다리로 올라가라. 돋보기로 쓰인 글자를 확인하라."

"인생 자체가 yes입니다. 긍정적이란 뜻이죠.
**세상에 대해, 인생에 대해, 사랑에 대해,
평화에 대해,
yes라고 말하겠습니다.**"

있었다. "매일 아침, 못을 거울에, 유리 조각에, 캔버스에, 나무 또는 금속에 두드려 박으세요. 아침에 머리를 빗을 때 빠진 머리카락을 주워 박힌 못에 감아 묶으세요. 표면이 못으로 뒤덮이면 회화가 끝납니다."

지시문을 읽은 남자는 직접 못을 박아보고 싶다고 졸랐다. 전시회를 오픈하는 내일 와서 해보라고 해도 아이처럼 졸랐다. 아직 앳되어 보이는 소년 같은 모습. 난 장난기가 발동했다.

"그럼 5실링을 내고 못을 박아보세요."

"좋아요. 여기 5실링을 드릴게요."

남자가 씨익 웃으며 내 손에 무언가를 쥐어주는 시늉을 했다. 난 멍하니 손을 바라보았다. 아무것도 없었다.

"눈에 보이지 않는 상상 속의 동전이죠. 그러니 이젠 내가 상상의 못을 박도록 허락하면 되겠죠?"

남자는 웃으며 못을 치는 시늉을 했다.

순간,

모든 것이 멈췄다.

처음이었다.

나와 똑같은 생각을 하는 사람을 만난 것은.

우리의 눈이 서로에게 멈췄다.

그도 느끼고, 나도 느꼈다.

우리가 만났다고.

드디어 만났다고.

남자가 나가자마자 갤러리 관장 존 던바가 달려오며 소리쳤다.

"저 사람 누군지 몰라? 백만장자야!"

그딴 건 관심 없었다. 그저 남자의 이름이 궁금했다. 존 레논, 그것이 남자의 이름이었다.

난 미친 사람처럼 존을 따라다녔다. 재정적인 지원과 참여를 요구한다는 명분이었다. 존이 있는 곳이라면 당연히 내가 있었다. 광적인 십대 팬들조차 나와는 게임이 되지 않았다. 여성해방운동을 함께 하던 친구들은 존을 따라다니는 나를 한심하게 쳐다봤다. 반전·평화운동을 함께 하던 동지들은 존의 집 유리창을 깬 나의 폭력성을 꾸짖었다. 플럭서스 예술을 함께 하던 동료들은 플럭서스 예술계 전체가 망신이라며 손가락질을 했다. 아무도 나의 사랑을 이해하지 못했다. 모두들 날 떠나갔다. 상관없었다. 세상 모두가 떠나도……. 나에겐 존이 세상이었으니까. 상관없었다. 누구의 비난도, 누구의 조롱도.

나에겐 존만이 중요했다.

나의 별, 나의 스타, 존!

존은 나의 유일한 별이었고

난 그 별 주위를 돌고 도는 행성이었다.

존은 나의 태양이었고, 난 태양에 묶여 있는 지구였다. 너무 뜨겁다고 태양을 멀리할 수 없듯이, 너무 눈부시다고 태양을 가려버릴 수 없듯이, 난 존 없이 살 순 없었다.

그렇게 존의 주위를 맴돌았다. 존은 날 다른 팬들과 똑같이 취급했다. 난 존에게 지겹고, 귀찮고, 때로는 무섭기까지 한 스토커일 뿐이었다. 하지만 매니저 브라이언 엡스타인이 약물과용으로 사망하고 난 후 모든 것이 달라졌다. 비틀즈가 흔들렸다. 존도 흔들렸다. 난 재빨리 휘청대는 존을 부축했다. 존이 흔들려 어지러울 때마다, 휘청거리며 쓰러질 때마다, 난 손을 내밀어 존을 일으켜 세웠다. 그리고 마침내 존은 잡았던 내 손을 놓지 않았다.

난 남편 안토니 콕스와 딸 교코를 떠났다. 존은 아내 신시아와 아들 줄리안을 뒤로 해야 했다. 이별의 과정은 지루하고 지루했다. 신시아는 존과 헤어지길 원치 않았다. 결혼 생활 내내 존의 바람을 허락했던 것처럼 존과 나의 사랑을 방해하지도 않았다. 하지만 비틀즈 리더 존의 아내라는 자리는 포기하기 싫어했다.

존은 신시아의 불륜을 이유로 들어 이혼소송을 했다. 재수 없게도 얼마 후 우린 마약검문에 걸렸다. 검사 결과 내가 존의 아이를 임신했다는 게 밝혀졌다. 신시아는 나의 임신을 빌미로 존의 불륜을 맞고소했다. 안토니는 딸의 양육권을 놓고 내게 소송을 걸었다. 나는 결국 뱃속의 아기를 잃었다. 엄청난 위자료 덕분에 존과 신시아는 겨우 이

존이 흔들려 어지러울 때마다, 휘청거리며 쓰러질 때마다,
난 손을 내밀어 존을 일으켜 세웠다.
그리고 마침내 존은 잡았던 내 손을
놓지 않았다.

미완성 음악 1번 : 두 처녀 Two Virgins
1968년, 존 레논과 오노 요코가 공동 발매한 음악 앨범 표지

혼할 수 있었다. 지루한 싸움 끝에 법원이 내 양육권을 인정하자 안토니는 교코를 데리고 숨어버렸다. 이름까지 바꾼 딸은 어디에서도 찾을 수가 없었다. 상관없었다. 함께하기 위해서라면 가족 따위를 떠나는 건 쉬웠다. 그리고……, 존은 마침내 비틀즈까지 떠났다.

그렇게 난 세상 모두에게 내 이름을 알렸다.
마녀.
사람들은 나를 그렇게 불렀다.
그들이 신성시하는 '비틀즈'라는 종교를 무너뜨린
마녀.

어차피 난 이미 '검은 머리칼의 마녀'라 불리고 있었다. 트라팔가 광장에 있는 사자상을 흰 천으로 휘감고 내 몸과 사자상을 쇠사슬로 묶어버렸을 때부터. "과거의 전쟁과 현재의 전쟁에 복종하지 말라"는 반전 메시지를 담은 작품이었다. 사자상은 넬슨 제독이 프랑스 함대를 물리친 전승기념물이었으니까. 하지만 영국 국민들은 분노했다. 대영제국의 명예와 자존심이 미치광이 같은 여자의 손에 의해 땅에 떨어졌다고. 그깟 전쟁기념물이 뭐가 대단하다고, 쯧쯧.

존이 나와 함께 '플라스틱 오노 밴드'를 결성하고, 자신의 가운데 이름인 '윈스턴Winston'을 내 성을 따라서 '오노Ono'로 바꾸자, 팬들은

평화를 위한 침대 시위 Bed-In for Peace
1969년, 신혼여행 퍼포먼스, 암스테르담 힐튼 호텔 스위트룸.

공개섹스를 기대하며 몰려온 기자들은
일주일 내내 아무 일도 일어나지 않자 물었다.
"침대에 나란히 앉아 도대체 뭘 하고 있는 겁니까?"

"우리는 그저 평화를 위해
노력하고 있는 중이에요."

두 사람이 취재진 앞에서 부른
〈평화에게 기회를 Give Peace a Chance〉은
반전운동가로 유명해졌다.

실망을 넘어 분노를 터뜨렸다. 이젠 전 세계가 나를 마녀라 불렀다. 난 존을 꼬드긴 나쁜 마녀였고, 존은 아무것도 모르고 마법에 걸린 죄 없는 희생물이었다. 팬들은 정말 내가 마녀라 믿었다.

마법이 아니라면
존의 변화를 설명할 수 없었으니까.
마법? 그럴지도 모른다.
볼품없는 내가
세계의 연인이었던 존을 차지했으니…….

영어도 제대로 못하는 히피, 못생기고 젖가슴은 늘어진 창녀, 영국의 국보를 훔쳐간 무서운 마녀, 벌거벗은 엉덩이나 찍어대는 미친 여자. 신문 기자들은 누가 더 추악한 별명을 지어내는지 경쟁하는 듯했다.

비틀즈의 팬들은 내게 달려들어 머리채를 쥐어뜯고, 발길질을 했다. 그게 힘들면 닥치는 대로 손에 잡히는 뭔가를 던졌다. 흙, 계란, 음료수병……. 살얼음판 위의 삶이었다. 언제 누가 날 공격해올지 알 수 없었다 하지만 두렵지 않았다.

난 언제든 싸울 준비가 되어 있었다. 무기력하게 주저앉아 공격에 대한 방어만 하는 건 어리석은 짓이었다. 내가 어떤 일을 당하든 세상은 날 동정하지 않았고, 나도 세상의 연민 따위는 필요 없었다. 그렇게 난 '드래곤 레이디'라는 별명 하나를 추가했다.

하지만 그렇게 힘들게 쟁취했던 존의 사랑이, 그렇게 상처투성이가 되도록 싸우면서 지켜냈던 내 사랑이 흔들리기 시작했다. 나는 존 레논의 부인이라는 꼬리표를 떼어내고 싶었다. 그 전에는 예술가라는 자부심으로 자유롭게 살 수 있었다. 하지만 이제 난 겨우 존 레논의 부인일 뿐이었다. 어떤 영화를 발표하든, 무슨 음악을 발표하든, 사람들은 보지도 듣지도 않았다. 그들이 보고 싶어 하는 건 내 작품이 아니라 존이었고, 그들이 듣고 싶어 하는 건 존의 노래였다. 존과 살게 되면서 사생활이 없어져버렸다. 어디를 가든, 무엇을 하든, 세상은 이미 다 알고 있었다. 나는 생각할 수 있는 내 공간이 필요했다.

존은 반전운동에 회의를 느끼며 점점 마약과 알코올에 빠져들었다. 결국 존은 날 떠나 LA로 가버렸다. 그리고 비서였던 메이 팡과 동거를 시작했다. 내가 전남편들에게 주었던 상처가 부메랑이 되어 돌아왔다. 그래서 아파도 울지 않았다. 내가 그랬듯이 존도 자신의 사랑에 솔직할 권리가 있었다. 잃어버린 주말의 시작이었다. 하지만 난 완전히 존을 떠날 수 없었다. 술과 마약, 폭력과 난동만이 존의 일상이 되어 있었다.

존은 벌써 모든 것을 가지고 있었다.

돈도, 명예도, 성공도.

존은 이미 많은 것을 가지고 있었다.

아직도 그를 사랑하는 팬,

항상 그와 작업하고 싶어 하는 동료들,

언제든 섹스를 제공할 준비가 된 미인들,

그리고 그를 기다리고 있는 아내인 나까지.

그런데도 존은 자신에게 없는 무언가를 찾아 헤매고, 자신도 모르는 그 무언가를 찾아 방황했다.

어머니였다. 어린 시절 그를 버리고 떠났던, 가까워질 시간도 없이 죽어버렸던, 그리움으로만 남아 있는 어머니를 찾아 헤매고 있는 거였다. 그래서 난 존의 어머니가 되어주기로 결심했다. 존의 모든 일상을 관리하고, 존의 식단과 의상까지 보살피고, 존의 어린 아이 같은 투정을 받아주고, 존이 말썽을 피우면 뒷수습을 했다. 매일 전화로 메이 팡에게 존의 오늘을 보고 받고, 존의 내일에 관해 이야기했다. 존의 어머니라도 상관없었다. 어머니보다 다른 여자를 더 사랑할 수 있는 남자가 있는가? 그의 사랑을 받을 수 있다면 그 사랑이 어떤 빛깔이든 상관없었다. 연인은 바뀔 수 있어도 어머니는 바뀔 수 없었다.

그렇게 1년, 결국 존은 내게 돌아왔다.

존 레논과 오노 요코 John Lennon and Yoko Ono
1989년 12월 8일, 레논의 저격 전날 애니 레이보비츠가 찍은
1981년 1월 22일자호 롤링 스톤지 커버사진

"당신이 오노 요코를 얼마나 사랑하는지
보여주세요."

애니 레이보비츠의 요청에 존 레논은 입고 있던 옷을 훌훌 벗기 시작했다.
그리고 오노 요코를 껴안고 입을 맞추며 말했다.
"이것이 내가 요코를 사랑하는 방식입니다. 사랑에는 수치심이나
자존심 따위는 존재하지 않습니다."
이 사진은 롤링스톤지의 존 레논 추모 특집사진으로 헌정되었으며,
미국 잡지 편집인 협회가 발표한 40년간 발행된 잡지 중 최우수 잡지 표지로 꼽혔다.

마흔두 살, 또다시 임신을 했다. 임신을 확인한 순간부터 낙태를 하고 싶었다. 하지만 존은 들뜨고 설레어했다. 존을 아일랜드식으로 바꾼 '숀'이라는 이름까지 미리 지어두었다. 존의 35번째 생일, 난 결국 존을 위한 생일선물로 아들을 낳았다. 존은 마약도 끊고 모든 활동을 중단한 채, 가족을 위해 살림과 육아를 도맡았다. 내 제안으로 시작된 역할 바꾸기였다.

나 때문에 아들 줄리안과 헤어졌기에, 어린 시절 아버지의 손길을 받지 못하고 자랐기에, 아들과 하루 종일 함께 한다는 것만으로도 존은 행복해했다. 단순하고 지루한 주부의 삶에도 존은 충분히 만족해했다. 대신 내가 사업을 벌였다. 난 부동산 거래와 이런저런 투자를 통해 우리의 재산을 배로 불렸다.

숀이 다섯 살이 되던 해, 존은 〈Double Fantasy〉를 발표하며 다시 활동을 시작했다. 그리고 한 달이 지난 1980년 12월 8일, 라디오 방송을 마친 존은 한 남자의 사인요청에 웃으며 사인을 해주었다. 그리고 집으로 향했다. 그 남자가 기다리고 있을 그 집으로……, 그 남자가 든 권총이 기다리고 있을 우리의 집으로…….

탕!
총알이 존을 꿰뚫었다.
탕!
다코타 아파트가 존의 비명으로 흔들렸다.

SEASON OF GLASS
YOKO ONO

유리의 계절 Season of Glass
1981년, 오노 요코의 음악 앨범 표지
저격으로 인해 피로 얼룩진 존 레논의 안경을 직접 찍었다.

자신의 일생에서 가장 끔찍했던 순간을
영원히 기억하기 위해서라고 한다.

탕!

맨하튼이 존의 피로 물들었다.

탕!

뉴욕이 존의 죽음에 슬퍼했다.

탕!

세계가 존을 추모하며 울었다.

소망 나무 Wish Piece
1996년

지시문 : "무언가를 소망하라. 그 소망을 쪽지에 적어라. 쪽지를 접어
소망의 나뭇가지에 매달아라. 친구들에게도 그렇게 하라고 권하라.
나뭇가지가 온통 소망으로 뒤덮일 때까지
소망하기를 멈추지 말라."

가끔은 그의 죽음이 꼭 꿈만 같다. 현실에서는 일어나지 않았던 일처럼 느껴진다. 그를 만나기 전까지 나는 그냥 나 자신이었다. 하지만 그가 나에게 다녀간 후로 나는 변했다. 내 삶이 모두 변했다. 존은 나를 감싸는 커다란 우산이었다.

나는 아직도 그를 향한 감정이 살아 있는 것을 느낀다. 그래서 나는 이제 그를 그리워하는 모든 사람을 사랑한다.

혼자서 꾸는 꿈은
그저 꿈에 불과하지만
함께 꾸는 꿈은
현실이 되니까.

오노 요코와 존 레논의 사랑, 그 후 이야기

그녀는 아직도 존 레논이 총을 맞은 그곳, 다코타 아파트에서 살고 있다. 그 아파트 안에는 존 레논의 유골함이 보관되어 있다. 그렇게 그들은 아직까지도 함께하고 있다. 그녀는 존이 죽은 다음 해, 존이 살아 있을 때부터 친하게 지냈던 골동품상 샘 하바드토이와 재혼했지만 2002년 이혼했다. 그녀가 한 결혼 중 이혼으로 끝나지 않은 유일한 결혼이 존 레논과의 결혼이었다.

스타와 결혼한 사람들은 팬들의 비난을 당연하게 받아들인다. 하지만 이토록 오랫동안 끈질기게 비난을 받았던 사람은 없었다. 그래도 그녀는 아프다는 시늉조차 하지 않는다. 그녀의 인생은 전쟁터였고, 그녀는 누구보다 강한 용사였다. 누가 어떤 비난을 하든 끄떡도 하지 않는다. 오히려 그 비난에 맞서 싸운다. 어쩌면 그녀의 그런 태도가 대중의 날카로운 힐난을 더 부추겼는지도 모른다.

모두들 그녀의 인생이 쉬웠다고, 그녀가 맘대로 하고 살았다고 한다. 하지만 그녀는 한 번도 원하는 대로 살아본 적이 없었다. 집안의 전통과 관습에 얽매여 꿈을 이루기 위해서는 그녀의 인생 전부를 깨

뜨려야 했다. 그녀는 한 번도 원하는 것을 쉽게 가진 적이 없었다. 무언가를 가지기 위해서는 다른 무언가를 버려야 한다는 것을 그녀는 너무 일찍 깨달았다.

그럼에도 그녀의 인생에는 부셔버려야 할 것이 너무 많았다. 아직도 그녀의 인생에는 버려야 할 것이 너무 많이 남았다. 그런데도 사람들은 그녀가 너무도 쉽게, 너무도 편안하게 모든 것을 얻었다고 손가락질했다. 그녀가 세기의 연인인 존 레논의 사랑을 받았다는 것이 그 손가락질의 유일한 진짜 이유였다. 사람들은 자신이 그 대상이 될 수 없다면, 그들이 사랑하는 스타가 아무도 사랑하지 않기를 바랐다. 하지만 그녀는 단지 한 남자를 사랑했을 뿐이다. 그 남자를 사랑하는 사람들이 너무 많았다는 게 문제라면 문제였다. 그때부터 그녀의 전쟁이 시작되었다.

한 사람을 사랑하는 사람들은 세상에서 가장 가까운 친구가 될 수도 가장 무서운 적이 될 수도 있었다. 그녀를 제외한 모두가 친구가 되었다. 그리고 그녀만 혼자 남았다. 하지만 그녀는 전혀 겁먹지 않았다. 오히려 먼저 싸움을 걸기도 했다. 싸우지 않으면 빼앗길 수밖에 없음을 그녀는 알고 있었다. 그래서 그녀는 힘껏 싸워야 했다.

존 레논을 저격한 후, 태연하게 그 자리에 남아 샐린저가 쓴 '호밀밭의 파수꾼'을 읽었던 범인, 데이비드 채프먼. 그 정신병자는 기회가 있을 때마다 가석방을 신청했다. 그런 정신병자가 거리로 나오면 또다시 그녀처럼 불행한 사람이 생길 수도 있었다. 그래서 그녀는 30년이 넘는 세월동안 가석방 반대운동을 해야 했다.

엄청난 경쟁률을 뚫고 선발된 존의 추모 다큐멘터리 주인공, 데이비드 채프먼. 아무리 존의 얼굴을 하고 있다고 해도 저격범의 이름을 가진 남자를 존의 추모 다큐멘터리 주인공으로 쓸 수는 없었다. 제작사인 BBC방송국이 주인공을 바꾸도록 만들기 위해 모든 수단과 방법을 써야만 했다.

비틀즈 노래의 크레디트를 '레논&매카트니'에서 '매카트니&레논'으로 바꾼 폴 매카트니와 몇 번이나 소송 직전까지 갔다. '레논&매카트니'라는 크레디트는 비틀즈를 결성할 때부터 했던 약속이었다. 존의 죽음이라는 비참한 상황을 이용해 자신의 욕심을 채우려는 폴 매카트니를 용서할 수 없었다. 게다가 폴 매카트니는 비틀즈 해체와 재결합 무산이 그녀 때문이라고 비난했다. 그래서 그녀도 폴의 음악성을 문제 삼아 비난을 서슴지 않았다.

그녀에게 사랑은 언제나 전쟁이었다. 사람들의 비난과 조롱에 상처입고, 가족을 잃는 고통을 견디면서도, 법이나 관습 같은 규칙도 없이, 모든 걸 걸고 싸워 이겨야 하는……. 어쩌면 사랑의 또 다른 얼굴은 이런 사나운 전쟁의 그늘일지도 모른다. 승리한 자가 비로소 원하는 것을 성취할 수 있으니. 우리도 그렇게 사랑해야 했다. 사랑은 그녀처럼 전쟁을 치르듯 해야 했다. 이런저런 계산을 하며 주저하지 말고, 자존심을 내세우며 망설이지 말고, 사람들의 시선에 움츠러들지 말고, 가족의 반대에 갈등하지 말고, 법이나 관습 때문에 포기하지 말고 사랑을 쟁취해야 했다. 아마 그랬다면 과거의 사랑을 그리워하는 대신 현재의 사랑에 행복해하고 있었을 것이다.

하지만 미지근했던 지난 사랑에 후회할 필요는 없다. 우리가 정열적이지 못했던 이유는 그럴 만큼 그를 사랑하지 않아서였으니. 죽음이 아니라면 어떤 이유로도 이별을 정당화할 수 없다. 그저 사랑이 모자랐다는 이유 외에 이별의 다른 이유는 없다. 이제 후회가 아닌 더 뜨거운 사랑이 찾아오기를 기도하자.

오노 요코를 보라. 그녀는 세계의 연인이었던 스타와 결혼하는 사랑의 기적을 일으켰다. 그녀는 사랑을 쟁취하기 위해 끊임없이 전쟁을 벌였다. 그리고 아마도 어쩌면 사랑을 위한 전쟁을 계속하고 있을지도 모른다. 그러니 우리도 지치지 말고 사랑을 위해 전쟁을 하자.

나는 당신을 차지하기 위해 하찮은 이득을 포기했소,
앞으로 남자들은,
"나도 널 위해서라면 왕위라도 버릴 수 있다"고
말하며 자신의 신붓감을 설득하겠지요.

윈저공이 사랑하는 윌리스를 위해 왕위를 포기하며
그녀에게 들려준 이야기

왕관보다 찬란한
궁전보다 고결한 사랑

Wallis Simpson
and Prince Edward

월리스 심프슨
1896. 6. 19~1986. 4. 24

〈월리스와 에드워드 8세〉
앙리 까르띠에 브레송 작품

난 1896년 6월 19일, 펜실베니아 블루 릿지 서미트에서 태어났다. 하지만 정확하지는 않다. 나도 내 생일이 언제인지 모른다. 하루 벌어 하루 먹고사는 집에서 태어난 다른 아이들처럼 부모는 내 생일도 기억하지 못했다. 아버지 티클 월리스 워필드는 명망 있는 가문 출신이었지만, 가난했다. 제대로 된 직업도 없이 부유한 친척들에게 빌붙어서 먹고살았다고 한다. 그나마 내가 태어나고 며칠 후, 폐결핵으로 죽었다.

어머니 앨리스 몬태규 워필드는 이모의 이름 베시와, 아버지의 이름 월리스를 따서 나에게 베시 월리스라는 이름을 지어주었다. 그것이 어머니가 내게 해준 전부였다. 경제적 능력이 전혀 없었던 어머니는 날 데리고 보수적인 할머니에게 빌붙어 살 수밖에 없었다. 사춘기가 되면서 난 어머니가 준 이름의 반쪽 '베시'를 버렸다. 암소들한테나 붙이는 이름으로 불리고 싶지 않았다.

그래도 부자 삼촌 솔 워필드가 있어 다행이었다. 삼촌은 날 기숙학교에도 보내주고, 볼티모어의 상류 사교계에도 데뷔시켜주었다. 가난하고 미인도 아니었지만 난 수많은 구혼자들을 거느린 사교계의 여왕이 되었다. 스무 살이 되던 해, 어린 나이에 해군 대위 얼 윈필드 스펜서 주니어를 만났다. 해군 제복을 입은 그의 모습이 얼마나 늠름해 보이든지……

첫눈에 반해 결혼을 했다.
그 시절의 난 순수했다.
그래서 어리석었다.

해군 조종사였던 남편 스펜서는 심각한 의처증 환자였고, 자주 손찌검을 했다. 참으려 노력했다. 이혼이라는 극단적 선택만은 피하고 싶었다. 하지만 스펜서가 알코올 중독에 빠지면서 상황은 더욱 나빠졌다. 스펜서는 외출할 때면 날 침대에 묶어놓기까지 했다.

그를 피해 워싱턴으로, 북경으로 떠돌았다. 떨어져 살다보면 그도 반성할 거라 생각했다. 하지만 달라지는 건 없었다. 그의 알코올 중독이, 의처증이, 폭력성이 나아질 거라 기대하며 10년을 견뎠다. 하지만 결국 선택은 이혼밖에 없었다. 남아 있는 삶마저 술 취한 남편에게 두들겨 맞으며 살 수는 없었다. 내가 원해서 한 이혼이라고 해도, 상처는 깊었다. 난 전 세계를 떠돌았다.

그리고 이듬해, 아버지의 선박중개업을 돕고 있던 어니스트 앨드리치 심프슨과 만나 결혼했다. 사랑에 눈이 멀어서는 아니었다. 그러기엔 나이도 많았고, 세상을 너무 많이 알았다.

하지만 심프슨은 날 사랑했고,
존경받을 이유가 넘칠 정도로 좋은 사람이었다.
그리고 무엇보다 부유했다.
결혼은 합리적 선택이었다.

결혼 후 우린 런던에 정착했다. 궁전, 왕자님, 공주님……, 동화에서만 보던 세상이 눈앞에 펼쳐졌다. 난 단숨에 런던 사교계의 떠오르는 별이 되었다. 우아하고 세련된 감각의 스타일을 추구하고, 어떤 상황에서도 냉정하고 침착하지만 동정심도 많고, 이해력이 풍부하지만 날카로운 지성까지 지녔다. 그것이 사람들이 내게 열광하는 이유였다.

그런 사교계의 반응은 나를 다시 꿈꾸게 했다. 어린 시절에 잃어버렸던 꿈, 멋진 왕자님과 만나 사랑에 빠져 결혼하고 한 나라의 왕비가 되는 꿈. 한 순간 스쳤던 에드워드 왕세자의 얼굴은 십 년이 넘는 시간이 흘러도 생생했다. 왕세자가 군함을 타고 샌디에이고를 방문했을 때였다. 전남편 스펜서가 해군소령이어서 가능한 만남이었다. 의처증 남편이 발작이라도 할까봐 한 마디 인사조차 제대로 하지 못했다. 그리고 어느덧 꿈속의 왕자님의 얼굴은 에드워드 왕세자의 얼굴로 변해 있었다.

나는 다시 꿈을 꾸게 되었다.

멋진 왕자님과 만나 사랑에 빠져 한 나라의 왕비가 되는 꿈.

결혼할 당시 월리스

격식을 무시하는 자유로운 태도와 파격적이면서도 세련된 패션을 추구하는 왕세자의 인기는 세계 어디에서나 폭발적이고 절대적이었다. 게다가 미혼이었다. 따라다니는 여자도 많았고, 결혼하라는 왕실의 압력이 강했는데도 왕세자는 그때까지 미혼이었다. 마치 날 기다리고 있었던 것처럼.

1931년 6월, 어느 파티에서 난 드디어 기회를 잡았다. 왕세자가 여우사냥을 하고 난 후 파티에 참석한다는 소식에, 난 행운의 푸른 드레스를 입었다.

마침내 왕자님이 나타났을 때,
난 다시 스무 살이 되었다.
순수하게 사랑을 믿었던,
사랑을 위해 모든 것을 버릴 수 있었던
그때의 나로 되돌아갔다.

난 심장이 떨려 입술을 달싹이기도 힘들었다. 누군가 내게 왜 이렇게 조용하냐고 물었고, 난 감기가 들었다고 변명했다. 순간 왕세자의 목소리가 끼어들었다.
"미국의 센트럴 히팅이 그립겠군요."
부드러운 목소리가 떨리는 심장을 달래주었다.

마침내 왕자님이 나타났을 때,
난 다시 스무 살이 되었다.

순수하게 사랑을 믿었던, 사랑을 위해
모든 것을 버릴 수 있었던

그때의 나로 되돌아갔다.

결혼할 당시 에드워드 8세

"왕세자 전하로부터는 그런 상투적인 말보다 독창적인 그 무언가를 듣고 싶었는데……."

"독창적인 말이라……, 예를 들면?"

난 재빨리 머리를 굴렸다. 한 마디만으로도 그를 사로잡고 싶었다.

"전하의 바지는 신발과 어울리지 않는군요."

난 왕세자를 빤히 쳐다보며 말했다. 아무리 이상한 스타일이어도 그가 입으면 정석이었고 한물간 촌스러운 스타일조차 그가 입으면 최신유행이 되었다. 그는 스코틀랜드의 격자무늬인 글렌 체크 무늬를 정장으로 입어 귀족사회를 놀라게 했고, 낚시복이나 사냥복으로 입던 트위드 자켓을 평상의 외출복으로 개량해 입어 귀족사회를 까무러치게 만들었다. 서로 다른 무늬의 옷을 겹쳐 입는 패턴 온 패턴 스타일로 파격적인 패션을 추구했고, 깃 사이가 넓은 윈저 칼라 셔츠와 두터운 넥타이 매듭법인 윈저 놋트를 고안했다. 왕세자로 인해 신사복이 발달했고, 패션이 발전했다.

어쩌면 모욕일 수도 있는 발언이었지만 독창적이긴 했다. 패션에 관해 그에게 충고할 사람은 아무도 없었으니까. 그리고 솔직하기도 했다. 그날 왕세자의 바지와 신발은 정말 어울리지 않았으니까. 그래서? 그가 화를 냈냐고? 왕세자는 나에게 첫눈에 반했다. 그리고 자신을 '데이비드'라는 애칭으로 부르라고 허락했다. 얼마 후 우리 부부는 데이비드의 주말 별장인 포트 벨베데어의 공식 방문객이 되었다.

데이비드는 왕세자라는 신분에 버거워하고 있었다. 그의 아버지는 끊임없이 그의 열등감을 부추겼다. 그는 자신이 못생겼다는 열등감에 두터운 넥타이 매듭에 눈길이 가도록 윈저 놋트를 고안했다고 했다. 패션만이 그가 선택의 자유를 누릴 수 있는 유일한 것이었다. 난 내 초라한 신분이 벅찼다. 나의 아버지는 끈질기게 나의 열등감을 자극했다. 나는 낮은 계급이라는 열등감을 숨기려 특이한 옷차림에 눈길이 가도록 온통 푸른색으로 치장하길 즐겼다. 패션만이 내가 계급의 자유를 누릴 수 있는 유일한 것이었다. 우린 너무 달랐지만 너무 닮아 있었다.

그리고 얼마 후, 난 우리 집의 방문객이 되었다. 포트 벨베데어가 나의 새로운 보금자리였다. 새로운 연인 데이비드와 함께할 수 있는. 난 매일 데이비드와 함께할 식사 메뉴를 짜고, 데이비드의 애완동물을 돌보며 우리의 보금자리를 보살피고, 우리의 사랑을 가꾸어나갔다.

1933년 6월, 우리가 만난 지 2년, 데이비드는 스키여행을 다녀온 뒤 청혼을 했다. 마침내 꿈은 손에 잡힐 듯 가까이 다가왔다. 하지만 그의 아버지 조지 5세가 걸림돌이었다. 데이비드는 아버지와 사이가 좋지 않았다. 국왕은 클럽이나 다니고, 스캔들이나 일으키며, 결혼도 안 하는 데이비드를 못마땅해했다. 데이비드는 보수적이고 억압적인 국왕을 답답해했다. 부자 사이의 불화는 공공연한 비밀이었다. 조지 5세는 데이비드가 차라리 계속 결혼도 안 하고 자식도 없어서 차라리 왕위가 그의 남동생 버티[3]와 릴리벳에게 돌아갔으면 좋겠다고 대놓고 말하고 다녔으니까. 그나마 예의를 차리던 부자 사이는 나 때문에 완전히 틀어져버렸다.

조지 5세는 데이비드와 나를 떼어놓으려 수단과 방법을 가리지 않았다. 나에게 남자를 붙여 묘한 상황을 연출하기도 했고, 데이비드가 재산을 맘대로 사용할 수 없도록 조치하기도 했고, 나에 관한 나쁜 루머를 수집해 데이비드에게 전해주기도 했으며, 왕위를 물려주지 않겠다고 협박하기도 했다. 하지만 그 무엇도 우리를 갈라놓지는 못했다.

조지 5세가 버티고 있는 한 데이비드와의 결혼은 불가능했다. 그래도 상관없었다. 왕세자의 숨겨진 정부라는 손가락질도, 유부녀의 불륜이라는 수군거림도, 데이비드와 함께 있는 행복을 흐려놓지 못했다. 우린 기다리기로 했다. 데이비드와 함께라면 기다리는 시간도 지루하지 않았다. 그렇게 시간이 흘렀다. 조지 5세의 건강은 점점 악화되었다. 국왕은 죽기 직전까지 우리를 갈라놓으려 애썼다. 나와 데이비드의 결혼을 무슨 수를 써서라도 막으라고 볼드윈 수상에게 유언을 남길 만큼.

1936년 1월 20일 23시 55분.
난 데이비드에게 전보를 받았다.

"심프슨 부인, 이제 난 정말로
왕이 되었습니다."

조지 5세가 죽은 것이다. 이제 우리는 결혼할 수 있었다. 이제 나는 왕비가 될 수 있었다. 난 서둘러 이혼청구 소송을 냈다. 데이비드에게 누가 될까봐 스캔들을 피하기 위해 억지로 유지하고 있던 허울뿐인 결혼이었다. 공식적인 데이비드의 연인 자격으로 데이비드의 대관식에 참석하고 싶었다. 심프슨은 데이비드가 나에 대한 신의를 지킨다면 조건 없이 이혼해주겠다고 데이비드에게 약속했다. 볼드윈 수상은 모든 권력을 동원해 내 이혼을 저지하려 했다. 결국 난 심프슨의 간통을 이유로 이혼허가판결을 받을 수밖에 없었다.

우리가 결혼한다는 소문이 퍼지면서 세상의 관심이 내게 쏠렸다. 전 세계 신문의 1면이 '나'에 관한 기사였고, 전 세계 라디오가 '나'에 관한 멘트로 시작했다. 하지만 영국의 신문은 예외였다. 내각과 왕실의 저지로 인해 우리의 기사는 거의 실리지 않았다. 하지만 소문이 언론보다 더 빨랐다.

사람들의 관심은 실망으로 변했고,
실망은 곧 비난으로 변했다.
내가 그들이 꿈꾸던 신데렐라를
무너뜨렸기 때문이었다.

"심프슨 부인, 이제 난 정말로
왕이 되었습니다."

월리스와 에드워드 8세

　나는 미인라고 하기엔 지극히 썽범한 외모였고, 미인이라고 쳐도 미
모가 빛나기엔 이미 늙어버린 뒤였고, 순수하고 착하다고 하기엔 결
혼경력이 아주 화려했고, 어려움을 극복했다고 하기엔 숨겨진 과거가
너무 수상했다. 영국 국민들은 비난에서 그치지 않았다. 나는 영국인

도 아니었고, 귀족신분도 아니었고, 이혼경력도 있으며, 그때까지도 심프슨이라는 남자와 이름을 공유하는 유부녀였다.

그저 내가 부러운 것뿐이었다. 시기심, 질투심에 가득 찬 그들이 우스웠다. 그런 악한 감정은 사랑을 파괴하지 못한다. 하지만 우리의 사랑이 깊은 만큼, 우리의 사랑에 대한 거부감과 반항심도 깊었다. 영국 국민들은 나를 공식적인 영국의 왕비로 맞아들이느니 차라리 왕실을 없애길 원했다.

볼드윈 수상은 이혼녀와의 결혼은 군주제의 고결함을 위험에 빠뜨린다며 나와 데이비드의 결혼을 공식적으로 반대하고 나섰다. 국왕이 이혼경력이 있는 평민과 결혼해서는 안 된다는 법률상의 규정은 없었다. 하지만 영국 국교회는 이혼에 반대했고, 왕실법상 왕족은 의회의 동의 없이는 결혼할 수 없었다.

데이비드는 즉위 직후 궁궐 직원들과 자신의 수행원들을 잘라버렸다. 악화된 왕실재정을 위한 긴축정책의 일환이었다. 왕족들은 반발했지만 데이비드는 아랑곳하지 않았다. 하지만 꼬투리를 잡은 사람들은 끝까지 물고 늘어졌다. 내 선물을 사줄 돈을 마련하려고 직원들을 해고했다는 소문이 일파만파 퍼져나갔다. 루머의 선봉에는 데이비드의 남동생 요크공작의 부인 엘리자베스가 있었다. 엘리자베스는 데이비드가 퇴위하면 자신의 남편이 왕이 될 수 있다고 생각했다. 그래서 나에 대해 끊임없이 비난을 하고 다녔다.

조용하고 소심한 성격의 요크 공작이 대중 앞에 나서는 걸 싫어하는 것과 달리 엘리자베스는 이런 저런 행사에 나서며 '미소 짓는 공작부인'이라 불렸다. 그리고 엘리자베스는 남편을 왕으로 만들어 '미소 짓는 여왕'이 되고 싶어 했다. 데이비드의 어머니인 메리 왕비는 엘리자베스의 끈질긴 비난에 완전히 넘어가버렸다. 결국 왕실은 데이비드가 의회의 동의 없이 결혼하려면 하야해야 된다고 선언했다.

모두들 우리의 결혼을 반대했다. 윈스턴 처칠이 유일한 우리 편이었지만 그는 당시 아무런 힘도 없었다. 볼드윈 수상은 데이비드를 벼랑 끝으로 몰아가기 시작했다. 왕실 재산을 사적인 용도로 남용해 국고를 낭비했다고 비난했다. 데이비드가 기밀문서를 아무렇지 않게 방치했다며, 기밀문서를 보고하지 않겠다는 조치까지 내렸다. 데이비드가 지닌 국왕으로서의 자질에 대한 의심으로 영국이 들썩이기 시작했다.

데이비드는 마지막 협상카드를 내놓았다. 귀천상혼貴賤相婚! 신분이 다른 두 사람이 결혼할 때 그 결혼은 정식으로 인정해주지만 신분이 낮은 쪽은 결혼 후에도 낮은 신분을 유지하는 결혼이었다. 즉, 우리가 결혼해 낳은 자식들은 태어나자마자 왕위계승권을 박탈당하는 결혼이었다. 데이비드는 끝까지 망설였다. 하지만 난 반쪽 왕비라 해도 상관없었다. 데이비드와 함께할 수 있다면. 하지만 볼드윈은 데이비드의 마지막 협상카드마저 단칼에 거절했다.

결단을 내려야 했다. 나를 버리거나 왕위를 버려야 했다. 단순히 왕위를 버리는 문제가 아니었다. 가족, 나라, 부, 권력, 명예, 모든 것을 버리는 일이었다. 데이비드는 그 모든 것을 나와 바꿀 수 있다고 했다. 게다가 정치적으로 혼란스러운 시기였다. 데이비드는 싸움에 휘말리고 싶지 않다고 했다. 무겁고 버거운 국왕이라는 의무 따위를 진작 버리고 싶었다고 했다. 절대로 후회하지 않을 거라고 다짐했다. 하지만 난 데이비드처럼 자신 있게 말할 수 없었다.

그가
후회하지는 않을까?

그가 후회할 거라 확신할 수 있었다. 난 이미 두 번의 결혼을 후회로 끝내고 난 후였다. 모든 것을 버리고 날 택했다는 후회로 남은 인생을 보내기엔 데이비드의 남은 인생이 너무 길어 보였다.

그가 버리고 온 모든 것들이
내 어깨를 짓누르지 않을까?

그 죄책감에 억눌려 살고 싶지는 않았다. 모든 걸 버리고 날 선택했다는 강박관념에 그에게 얽매이고 싶지는 않았다. 그가 한 희생에 대한 의무감으로 남은 인생을 보내기엔 난 아직 너무 젊었다.

과연 모든 것을 버리고 온다 해도

그를 반길 수 있을까?

난 자신이 없었다. 왕이 아닌 그는 상상조차 되지 않았다.

그를 영원히

사랑할 수 있을까?

난 사랑이 영원하지 않다는 것을 알았다. 첫 번째 결혼도, 두 번째 결혼도 그랬으니까. 모든 걸 버리고 날 선택했다는 이유만으로 그를 영원히 사랑하는 척 꾸미고 살기에는 난 너무 감정에 솔직했다.

한 순간은 그가 날 택할까봐 두려웠다가 다른 순간은 그가 날 버릴까봐 두려웠다. 한 순간은 그가 왕위를 택하길 바랐다가 다른 순간은 그가 왕위를 버리길 기도했다. 하지만 어쨌든 선택은 내 몫이 아니었다.

12월 3일, 데이비드는 내게 잠시 프랑스로 떠나 있으라고 권했다, 그리고 일주일 후 1936년 12월 11일, 영국 국영방송 BBC 라디오를 통해 데이비드는 퇴위를 선언했다. 다음 날 퇴위법 선포로 데이비드의 퇴위는 확정되었다. 즉위 325일 만이었다. 데이비드의 남동생이 그의 뒤를 이어 조지 6세로 즉위했다.

월리스와 에드워드 8세의 결혼식

"폐하께 신의 은총이 계시옵기를, 비록 나는 왕이 아닐지라도."

데이비드는 남동생 조지 6세의 대관식에서 그를 축복하고 오스트리아 빈으로 향했다. 우리는 내 이혼판결이 확정될 때까지 떨어져 지내야 했다. 데이비드는 매일 내게 편지를 썼다. "내가 처해 있는 지금의 상황이, 당신과 할 수 없는 이 처지가 너무나 증오스럽소." 나도 매일 데이비드에게 편지를 썼다. "사랑하는 당신이 우는 것을 저는 차마 들을 수가 없습니다. 당신과 함께 있고 싶습니다. 곧 저에게 와주세요."

내 답장이 도착하기도 전에 데이비드의 편지가 도착했다. "당신을 더욱 더 사랑한다는 말을 하기 위해 이 편지를 쓰오. 앞으로 18일 동안의 낮과 밤이 그리 지겹지 않기를 빌겠소. 요즘처럼 지옥 같은 몇 달이 지난 뒤에는 반드시 행복이 가득한 날이 올 것이라 확신하오. 당신의 데이비드를 위해서라도 소중한 당신의 몸을 잘 간직하기 바라오."

데이비드는 오스트리아에서 조지 6세에게 윈저공작의 작위를 받았다. 그러나 이 조치는 의회와 정부의 승인이 필요했다. 다행히 영연방 정부들은 칙허를 만장일치로 통과시켰다. 그리고 마침내 나의 이혼절차가 마무리되었다.

1937년 6월 3일, 프랑스 투르 근교의 샤토 드 캉데에서 우린 결혼했다. 내 나이 마흔이었다. 마침내 꿈이 현실이 되는 순간이었다.

전 세계가 주목했던 결혼식이었지만 하객이 16명뿐인 초라하고 쓸쓸한 결혼식이었다. 데이비드의 가족은 당연히 아무도 참석하지 않았다. 영국 왕실에서도, 정부에서도 단 한 명의 축하객조차 보내오지 않았다. 우리 결혼에 단호히 반대의사를 표명한 것이었다. 결혼식에 참석하지 못해 미안하다며 켄트 공작이 결혼선물을 보내왔지만 우린 그 선물을 돌려보내 버렸다.

왕실은 우리의 결혼에 대한 트집을 잡으려 죽을힘을 썼다. 결혼식 장소는 샤를르 브도의 저택이었고, 그는 나치독일을 위해 많은 활동을 했던 사람이었다. 그래서 데이비드도 나치주의자가 되었다는 비난을 받아야 했다. 또한 결혼식 날짜는 데이비드의 아버지인 조지 5세의 생일이기도 했다. 데이비드의 어머니인 메리 왕비는 데이비드가 아버지의 그늘로부터 벗어나기 위해서 일부러 이 날을 결혼식 날짜로 잡았다고 생각해 더욱 못마땅해했다. 도대체 죽은 아버지의 생일까지 염려해야 되는 이유를 알 수 없었다. 우린 생각하지도 못했던 이유들이었다. 우리가 어떤 장소에서 결혼을 하든, 어떤 날에 결혼을 하든, 우리의 결혼이 못마땅한 이들에게는 모든 게 흠이었다.

　　난 일부러 푸른색 구두를 신고,
　　푸른색 장갑을 끼고,
　　푸른색 모자를 쓰고,
　　푸른색 웨딩드레스를 입었다.
　　데이비드와의 첫 만남을 기념하고
　　영원한 사랑을 맹세하는 의미에서
　　선택한 색이었다.

　사람들은 그 푸른색을 '심프슨 블루'라 불렀다. 심프슨 블루는 귀족과 왕족에 굴하지 않은 당당한 서민이었던, 나의 사랑이었다. 물이 한 방울, 한 방울이 모여 바다가 되듯 내 우울한 푸른빛의 과거는 결국 데이비드를 향하기 위한 여정에 불과했다. 심프슨 블루는 왕관을 버린 데이비드의 사랑이었다. 폭풍우가 치면 검은 빛, 일출과 노을에는 붉은 빛, 매 순간 그 빛깔이 달라지는 바다처럼 환경에 따라 빛깔이 달라지지만 본질은 달라지지 않는 우리의 사랑이었다.

데이비드가 내 손가락에 결혼반지를 끼워주었다. 왕실 공식 보석상인 까르띠에 반지였다. 반지에 새겨진 단 한 단어, "Eternity" 우리의 사랑이었다.

결혼식 후에도 영국 왕실은 철저히 나를 무시했다. 내게 공작부인의 지위도 내리지 않았고 내가 전하Her Royal Highness로 불리는 것도 허용하지 않았다. 데이비드의 어머니인 메리 왕비, 그리고 조지 6세의 부인인 엘리자베스 왕비의 의견이었다.

난, 다만 윈저 공작과 함께 사는 '평민' 아내일 뿐이었다. 엘리자베스 왕비는 내 이름조차 불경스럽다는 듯 항상 나를 '그 여자that woman'라고 불렀다. 아무리 엘리자베스가 왕비라 해도 난 손윗동서였다. 그들이 날 인정하지 않는다면 나도 그들을 인정할 필요 없었다. 난 엘리자베스 왕비를 '미세스 템플'이라 불렀다. 남들이 물으면 템플(사원)처럼 심지가 굳건하다는 뜻이라고 변명했지만 사실 그 똥고집이 싫어서 비꼬는 거였다. 게다가 엘리자베스는 셜리 템플과 비슷하게 생겼다. 기분이 좋을 때면 '쿠키'나 '케이크'라고 불러주기도 했다. 엘리자베스의 취미는 과자 만들기였다. 엘리자베스도 두 딸들도 과자 먹기가 또 다른 취미였다. 취미 덕분에 모두들 참으로 통통했다. 사람은 부유할수록, 몸은 날씬할수록 좋다는 내 가치관과는 어긋난 취미였다.

영국 왕실이 반대하든 말든 시종들이나 절친한 사람들은 날 전하라고 불러주었다. 그때마다 데이비드는 마음 아파했지만 어쩔 도리가 없었다. 데이비드 또한 영국 왕실로부터 배척당했다. 왕실은 데이비드가 영국 땅을 밟는 것조차 거부했다. 어부지리로 왕위에 오른 조지 6세에 대한 여론이 더 위태로워질까 두려워한 영국 왕실과 정부의 조치였다.

비록 볼드윈 수상이 나쁜 소문을 퍼뜨리긴 했지만 데이비드는 여전히 국민들에게 인기가 높았다. 조지 6세는 말도 더듬는데다 대중 앞에 서는 것도 두려워하는 겁쟁이였다. 왕비인 엘리자베스는 스코틀랜드 출신이라 잉글랜드에서는 절대 환영받을 수 없었다. 국민들은 수군거렸다. 그들은 말더듬이 조지 6세가 아니라 심프슨 부인을 떼어내 버리고 영국인과 결혼할 수 있는 에드워드 8세를 원했다. 아직까지도……. 이런 상황에 데이비드가 국민들 앞에 모습을 나타내면 둘의 상반된 모습에 대한 비교는 더 정확해졌다. 우린 영국에서 추방당한 거나 마찬가지였다.

우린 프랑스에 정착하기로 했다. 보아 드 볼로냐에 거대한 고급 저택을 사서 윈저 빌라라고 이름을 붙였다. 난 왕비가 아니어도 왕비처럼 화려하게 살기로 결심했다. 소비와 지출을 통한 일종의 심리치료였다. 18명의 시종은 쉴 틈 없이 바삐 움직였다. 내가 입는 유럽 최고 디자이너의 드레스를 세탁하느라, 하루에도 몇 번씩 나의 머리를 손질하느라, 우리가 주최하는 파티를 준비하느라…….

데이비드는 항상 내게 선물할 핑계를 찾기에 바빴다. 결혼기념일, 밸런타인데이, 크리스마스……. 데이비드는 우리의 추억을 직접 디자인해 까르띠에의 보석에 새겨 넣었다. 까르띠에의 거장 디자이너 쟌느 뚜생은 나만을 위한 보석을 만드느라 다른 일은 모두 제쳐야 했다.

비록 왕위에서 물러났지만 데이비드는 여전히
'나'라는 국가에서 왕이었고,
난 왕비였다.

비록 공식적으로 공작부인도 되지 못했지만 난 공작부인보다 높은 명성을 얻었다. 우린 수많은 국가의 공식적 행사에 초대를 받았고, 수많은 사람들의 파티에 참여하였다. 삶을 살아가는 데 있어 전하라는 호칭 따위는 중요하지 않았다. 우리의 삶이, 우리의 행복이 그걸 증명했다.

2차 세계대전이 일어나자 영국은 데이비드에게 프랑스 담당 연락 장교직을 맡겼다. 왕이었던 사람에게 겨우 연락 장교를 하라는 것도 기가 막힌데 그나마 명함뿐인 직함이었고, 중요한 일은 아무것도 없

'나'라는 국가에서
그는 왕이었고, 난 왕비였다.

월리스와 에드워드 8세

었다. 데이비드는 나라를 위해 무엇이든 하고 싶어 했다. 하지만 데이비드의 그런 바람은 왜곡되어 전해졌다. 데이비드가 자신을 정부 요직에 기용하지 않는다고 불평을 늘어놓았다는 소문이 퍼졌다. 리스본에 있는 동안 나치가 그에게 왕위를 제공하겠다고 접근했다. 데이비드는 단칼에 그 제안을 거절했다. 하지만 우리를 바라보는 비뚤어진 시선들은 다른 이야기를 만들어냈다.

우리가 히틀러의 후원자가 되었다더라. 데이비드가 스페인으로 피난을 갔을 때 친형제인 조지 6세를 버리고 독일인들과 의형제를 맺었다더라. 내가 주영독일대사였던 요아킴 폰 립벤트로프와 외도를 하고 있고, 독일 스파이 노릇을 했다더라. 소문은 꼬리에 꼬리를 물고 퍼져나갔다.

나도, 데이비드도 나치와 파시즘에 대해 옹호발언을 한 건 사실이었다. 하지만 다른 모든 것들은 소문에 불과했다. 우리가 나치의 편이었다면 왜 파리가 함락되었을 때 포르투갈, 스페인 등지로 피난을 다녔겠는가? 하지만 전쟁은 사람들이 이성적으로 생각할 수 없게 만들었다.

처칠 수상은 우리에게 영국으로 돌아오라고 했다. 데이비드는 동생과 제수씨, 즉 조지 6세와 엘리자베스 왕비가 나를 공식적으로 만나달라는 조건을 붙였다. 그 단순한 조건에 처칠은 불같이 화를 내며 자발적으로 오지 않으면 강제로 송환하겠다고 경고했다. 그리고 "저열한 사람들 중에서도 가장 저열한 사람들의 사랑"이라며 우리에게서 돌아섰다.

월리스와 에드워드 8세 부부가 히틀러와 악수하는 사진

우린 서인도제도의 영국 식민지 바하마 총독으로 가라는 영국 정부의 제의에 동의했다. 사실상 '유배'였다. 전前 왕을 위한 직업으로는 상대적으로 하찮은 일이었지만, 데이비드는 이 임명에 매우 만족스러워했다. 어쨌든 영국을 위해 무언가를 할 수 있다는 것만으로도 데이비드는 들떠했다. 하지만 나는 바하마의 삶이 싫었다. 그곳에는 화려한 의상실도 없었고, 신나는 파티도 없었다.

2차 대전 중, 조지 6세의 인기는 드높아졌다. 조지 6세는 독일의 공습에 포격으로 죽을 뻔 하면서도 런던을 지켰고, 위험을 무릅쓰고 군대, 공장, 공습피해 지역을 시찰했다. 노르망디 상륙작전 전에는 버나드 몽고메리 장군의 지휘 하에 출정을 기다리는 영군군대와 하루를 보내기도 했다. 엘리자베스 왕비도 끝까지 피난을 가지 않고 기어이 공주들과 함께 런던에 남았다. 그 사실만으로도 국민들은 엘리자베스의 편으로 돌아섰다. 아돌프 히틀러가 엘리자베스 왕비를 '유럽에서 가장 위험한 여인'이라고 부르자 국민들은 열광했다. 그들의 딸 엘리자베스는 영국 여자 국방군에 입대해 다른 병사들과 똑같이 탄약을 나르고 자동차를 수리했다. 이제는 우리가 돌아간다 해도 더 이상 조지 6세의 왕위에 위협이 되지 않았다. 우린 겨우 바하마에서 벗어날 수 있었다.

하지만 영국 왕실은 여전히 날 거부했다. 나도 화해의 손길을 내밀지 않았다. 동서인 엘리자베스 보우스 라이언은 꼴도 보기 싫었다. 내덕에 왕비가 된 주제에, 내가 누려야 했던 모든 것들을 훔쳐간 주제에, 고고한 척 하는 건 꼴도 보기 싫었다. 동서 엘리자베스는 딸 엘리자베스의 결혼식에 나뿐만 아니라 데이비드도 초청하지 않았다. 화가 난 시누이 메리 공주도 결혼식에 불참했다. 그래도 데이비드는 간혹 어머니인 메리 왕비를 만나기 위해 런던에 가기도 했다.

1952년 2월 6일, 조시 6세가 잠자는 도중 평안히 세상을 떠났다. 데이비드는 장례식에 참석했지만 난 아니었다. 엘리자베스는 세계대전 전후 복잡한 정치상황에서 왕위에 오른 조지 6세가 스트레스를 받아 젊은 나이에 죽은 거라며 날 더욱 미워하기 시작했다. 내 판단으로는 착해빠지기만 한 조지 6세가 기가 센 엘리자베스의 등쌀 때문에 일찍 죽은 것 같았다. 어쨌든 동서 엘리자베스는 어린 딸 엘리자베스가 여왕이 되면서 퀸 마더로 더욱 더 기세를 떨쳤다.

1953년 3월 24일, 데이비드의 어머니가 죽었다. 데이비드는 장례식에 참석할 수 있었다. 이번에도 난 거부당했다. 이젠 익숙해진 일이었다. 더 이상 화내는 것조차 우스울 정도로.

우리는 미국과 유럽 일대를 여행하거나 프랑스의 자택에서 조용한 시간을 보냈다. 난 회고록《THE HEART IT'S REASONS》을 출간하기도 했고, 〈Vogue〉지를 통해 세계 패션 리더로 칭송을 받기도 했다. 하지만 여전히 내 가족인 왕족들은 날 마녀 취급했고, 내 집인 왕궁에는 한 발자국도 들여놓을 수 없었다.

1967년,
결혼한 지 30년이나 지나서야
왕실은 날 가족으로 인정했다.

조카인 엘리자베스 2세의 단호한 결단으로 난 공식적인 초대를 받아 데이비드의 어머니인 메리 왕비의 기념비 제막식에 참석했다. 5년 뒤 에드워드가 심각한 병에 걸려 사경을 헤매고 있을 때는 조카 부부인 엘리자베스 여왕과 에딘버러 공작이 파리의 저택으로 직접 문병을 오

월리스와 에드워드 8세

기도 했다. 비록 자녀는 없었지만 35년의 결혼생활은 평화로웠다.

1972년 5월 28일, 데이비드가 먼저 세상을 떠났다. 난 검은색 상복 위에 심프슨 블루의 숄을 걸치고 장례식장에 갔다. 다행히 영국 왕실은 데이비드가 윈저성 내 프로그모어에 묻힐 것을 허락하였다. 그렇게 데이비드는 죽어서야 나 때문에 쫓겨났던 왕궁으로 돌아갈 수 있었다.

난 모든 일에 흥미를 잃었다. 보석을 디자인하는 것도 외모를 가꾸는 것도 신나지 않았다. 내가 '세상에서 가장 칭송받는 여인'이 되기를 원했던 데이비드가 없으면 아무것도 의미가 없었다. 그 없이 보낸 14년, 난 매일 추억을 되새기며 살아남을 수 있었다.

1986년 4월 24일,
난 마지막 숨을 몰아쉬며 유언을 내뱉었다.
심프슨 블루의 옷으로 갈아입혀 달라고…….
그를 처음 만난 날처럼.
그가 모든 것을 버리고 나를 택했던 퇴위식 날처럼.
우리의 초라했던 결혼식 날처럼.
그가 내 곁을 떠났던 장례식 날처럼.

다시 그의 곁으로 가는 순간,
난 심프슨 블루의
드레스를 입고 싶었다.

에드워드 8세의 왕위 포기선언문[4]

오랫동안 기다려 온 끝에 마침내 지금에서야 제 자신의 생각을 말할 수 있게 되었습니다. 지금까지 제가 침묵했던 것은 무엇을 감추기 위해서가 아니라, 이 문제에 대해 제가 언급하는 것이 법적으로 허용되지 않았기 때문입니다.

몇 시간 전에, 저는 왕으로서 그리고 황제로서의 마지막 임무를 수행했습니다. 그것은 제 동생인 요크 공작에게 왕위를 이임하는 일이었습니다. 그리고 이제 제가 처음으로 할 말은 그에게 충성을 다하겠다는 선서일 것입니다. 진심으로 저는 충성을 맹세합니다.

제가 왕위를 버릴 수밖에 없었던 이유는 다들 알고 계시리라 믿습니다. 그러나 이 점만은 알아주었으면 합니다. 제가 우리나라와 대영제국을 잊어버려서, 이런 결정을 내린 것은 결코 아닙니다. 전 왕세자로서 그리고 최근에는 왕으로서 25년간 봉사하려고 노력한 국가를 영원히 기억할 것입니다.

하지만 사랑하는 여인의 도움과 뒷받침 없이는, 국왕의 무거운 책임과 임무를 뜻한 바대로 수행하는 것이 불가능했습니다. 저 혼자서 자발적으로 이 결정을 했다는 것도 분명히 알아주시기 바랍니다. 이것은 오로지 전적으로 제가 판단해야 할 문제였습니다. 이 일과 관련되어 있는 다른 또 한 사람은 마지막 순간까지도 저를 설득해 나른 방향의 결정을 내릴 것을 권유했습니다.

저는 오로지 모두에게 가장 좋은 선택을 찾고 싶은 마음뿐이었습니다. 그리고 제 인생의 가장 중요한 결정을 내렸습니다. 제 동생은 오랫동안 공직에 몸담아오면서 훌륭한 자질을 갖추었습니다. 그 사실이 제가 그나마 수월하게 결정을 할 수 있도록 도왔습니다. 이제 그는 어떤 방해나 불상사 없이 대영제국의 생존과 발전을 위하여 저의 자리를 대신할 수 있을 거라고 확신합니다.

그는 저에게는 허락되지 않았던 무엇과도 비교할 수 없는 축복을 받았습니다. 그리고 여러분 모두가 그의 축복을 함께 기뻐해주었습니다. 그 축복은 바로 아내와 아이들이 있는 가정입니다.

근래 어려웠던 시기에 저는 왕후이신 저의 어머니와 가족들로부터 위로를 받을 수 있었습니다. 각부 장관들, 특히 볼드윈 수상은 늘 저를 깊은 배려로 대해주었습니다. 저와 각료들, 그리고 저와 의회 사이에는 어떠한 법적 의견차이도 없었습니다. 부왕께서는 헌법의 전통에 따라 저를 키우셨고, 그렇게 교육받았던 저는 애초에 그런 문제를 일으킬 수 없었습니다. 왕세자 시절부터 지금까지, 대영제국의 어디에서 살든 어디를 방문하든, 저는 모든 계층의 사람들에게서 최고의 환대를 받았습니다. 그 점에 대해서 깊이 감사드립니다.

이제 저는 모든 공직에서 사퇴합니다. 그리고 저의 짐을 내려놓습니다. 어느 정도의 시간이 흘러야 저는 고국으로 돌아올 수 있을 겁니다. 그러나 저는 언제까지나 대영제국의 국민으로서 살아갈 것이며, 깊은 관심을 가지고 나라의 앞날을 지켜볼 것입니다. 그리고 앞으로 언제든지 신하의 자격으로 국왕 폐하께 충성할 기회가 온다면 반드시 최선을 다해 임할 것입니다.

이제 우리는 새로운 국왕을 모시게 되었습니다. 새로운 국왕폐하와 그의 백성인 여러분의 행복과 번영을 진심으로 기도하겠습니다.

여러분 모두에게 하느님의 축복이 내리기를 빕니다.

국왕 폐하 만세!

월리스와 에드워드의 사랑, 그 후 이야기

사람들은 가족에게 외면당하는 에드워드의 사랑을 가엾게 여겼다. 하지만 그녀가 사랑하는 남자의 가족에게 버림받는 것은 당연하다고 여겼다. 고귀한 왕족들이 그를 사랑하기 때문에, 그를 사랑한다는 이유만으로 평범한 그녀는 거부당해야 마땅했다. 이미 가족에게 버림받았던 그녀였기에 상처는 쓰렸다. 아무도 그녀의 가족이 되고 싶어 하지 않았다. 그녀는 그들에게 '며느리'도, '숙모'도, '동서'도 될 수 없었다. 그녀는 그들에게 '그 여자'일 뿐이었다. 그녀는 가족들에게 이름도 없는, 그래서 존재조차 하지 않는 '그 여자'여야만 했다.

사람들은 왕위를 버리고 선택한 사랑에 열광했다. 하지만 사람들이 열광한 건 에드워드 8세의 사랑이었고, 그 사랑의 대상인 월리스는 오히려 증오만 불러일으켰다.

그래서 그녀는 심프슨 부인이라 불려야만 했다. 비록 공작부인의 직위를 허락받지 못해 '공작'이란 단어는 빼더라도 에드워드 8세의 성을 따라 윈저부인이라 불려야 했는데도, 사람들은 윈저의 부인이 된 그녀를 인정하고 싶지 않았다. 그저 예전처럼 그녀가 심프슨의 부인으로 되돌아가버리길 바랐다. 그래서 그녀는 이혼한 남편의 여자, 심프슨 부인으로 남아야 했다.

사람들은 에드워드의 사랑을 위대하다고 여겼다. 왕위를 버렸다는 것만으로 에드워드의 사랑은 역사상 가장 희생적인 사랑이 되어버렸다. 반면 그녀는 에드워드 8세의 퇴위를 종용했다고 평생 손가락질 받아야 했다. 너무 억울해 자서전도 쓰고, 너무 서러워 사후에 사적인 편지들까지 공개하라고 유언했다. 그녀가 에드워드 8세를 사랑했으며 퇴위를 강요하지 않았다는 증거들이었다. 그래도 사람들은 그녀의 사랑을 끊임없이 의심한다. 그리고 그녀가 세상의 오해와 억측들을 견디는 건 당연한 것인 듯 여겼다. 그녀의 사랑이 못미더운 사람들은 끝내 그들의 사랑을 '세기를 넘어선 역사상 가장 위대한 사랑'이 아니라 '사랑으로 포장된 역사상 가장 위대한 스캔들'이라 조롱한다.

그들의 결혼 생활 내내 불화설이 나돌았다. 이미 '세기의 사랑'이 식은 지 오래였지만 차마 이혼은 못 하고 있다는 설이었다. 사람들은 그들의 사랑이 깨어지길 바라고 기도하며 기다렸다. 하지만 그들은 죽음이 그들을 갈라놓을 때까지 함께했다.

사람들은 그들의 기도를 들어주지 않은 신을 원망했다. 사람들은 그들의 사랑 대신 깨어진 자신들의 바람을 인정할 수 없었다. 그래서 사람들은 그들이 함께했지만 사랑하지는 않았다고 짐작하고 확신했다. 어쩌면 왕위 대신 선택한 '세기의 사랑'이 사라져서는 안 된다는 강박관념 때문에 사랑하는 척해야 했고, '세기의 사랑'이라는 이름을 지켜야 한다는 의무감 때문에 같이 해야 했을 수도 있다.

그들이 맞다. 에드워드 8세는 후회했을 것이다. 사랑과 왕위를 놓고 선택을 고민했던 시간들을. 에드워드 8세는 후회해야만 했다. 더 빨리 모든 것을 버리지 못한 것을.

그들이 맞다. 윌리스도 후회했을 것이다. 에드워드 8세의 왕위를 위해 그녀의 사랑을 포기하려던 시간들을. 윌리스는 후회해야만 했다. 더 빨리 그들의 사랑을 당당하게 세상에 알리지 못한 것을.

그들은 후회했을 것이다. 조금 더 일찍 함께하지 못 했던 것을. 하지만 그들은 모든 것을 버릴 만큼 사랑할 수 있었던 그 순간을 후회하지는 않았을 것이다.

윈스턴 처칠의 말처럼 그들은 세상에서 가장 저열한 사람들일지도 모른다. 하지만 저열한 사람들의 '사랑'임은 확실하다. 처칠도 인정했듯이. 어떤 이가 세기의 로맨스에 대한 부러움을 드리내자 윌리스는 '그 세기의 로맨스가 얼마나 힘든 일인 줄 아느냐'며 반문했다고 한다. '세기의 사랑'을 지켜보는 타인의 시선은 그들에게 때로는 의심으로, 때로는 감시로, 때로는 기대로 다가왔을 것이다. 그들의 사랑에 대한 세상의 끊임없는 의심이 그들의 마음에까지 파고들까봐 두려웠을 것이다.

어쩌면 그들은 서로 사랑해서 힘들었던 게 아니라, 그들의 사랑을 의심하는 사람들 때문에, 그들의 사랑을 시기하는 사람들 때문에, 그들의 사랑을 환상으로 생각하는 사람들 때문에 힘들었을 것이다. 이제는 그들의 사랑을 무거운 시선의 감옥에서 풀어주자. 그들의 사랑이 우리의 편견을 넘어 훨훨 날아가도록 내버려두자.

내일이면
우리의 결혼은 21주년이 됩니다.

그동안 얼마나 많은 장애물들이
우리의 결혼을 방해했는지
셀 수조차 없습니다

그러나 그 장애물 틈에서도
우리의 결혼은
활기차게 뿌리를 뻗었으며
신선하고 청아하게 지속되었습니다.

알버트가 세상을 떠나기 몇 개월 전
어린 시절 가정교사인 스톡마르 남작에게 쓴 편지 중에서

불신으로 시작된,
헌신으로 완전해진 사랑

Queen Victoria

and Prince Albert

빅토리아
1819년 5월 24일 ~ 1901년 1월 22일

〈빅토리아와 알버트〉
로저 펜톤 작품
1854년 5월 11일. 버킹검 궁전.

　할아버지 조지 3세는 열다섯 명의 자녀를 두었고, 아들만 일곱이었다. 아버지는 넷째 아들이었고, 왕위와는 거리가 멀었다. 할아버지의 맏아들인 나의 큰아버지는 미쳐버린 할아버지를 대신해 섭정을 하고 있었다. 그가 왕위를 물려받는 건 기정사실이었다. 이미 그는 조지 4세로 불리고 있었다. 하지만 조지 4세가 공식적으로 왕위에 오르기도 전에, 유일한 적통이었던 딸 샬럿 오거스타 공주가 사산을 한 후 죽어버렸다. 조지 4세가 적자를 낳을 확률은 없었다. 법적 부인인 큰어머니는 스캔들로 영국에서 쫓겨난 상태였다. 조지 4세는 이혼할 꼬투리를 잡기 위한 뒷조사만 십 년이 넘게 할 정도로 부인을 싫어했다.

　아버지의 형제들은 왕위계승 경쟁에 돌입했다. 미혼이었던 왕자들은 모두 결혼을 서둘렀다. 자녀가 있어야 유리한 고지를 점령할 수 있었다. 게다가 의회는 결혼을 하면 부채를 탕감해주겠다며 경쟁을 부

어린 시절의 빅토리아 조한 조지 폴 피셔 작품, 1819년
빅토리아 시대 최초의 기록이다.

추겼다. 나의 아버지, 켄트 스트라선 공작 에드워드도 경쟁에 빠질 수
는 없었다. 하지만 쉰이 넘은 나이에도 수많은 자유연애를 즐기고 있
던 아버지에게 시집오겠다는 왕족 처녀는 드물었다. 나의 어머니, 작
센 코부르크 잘펠트 공녀 빅토리아는 다 자란 남매까지 있는 과부였
지만 혼자 살기엔 너무 젊었다. 그래서 둘이 결혼했고, 내가 태어났다.

처음으로 가진 아이인 나를 많이 사랑했다는 아버지는 내가 돌이
되기도 전 추운 날씨에 해변을 산책하고 돌아온 후 폐렴으로 죽었다.
1주일 후 조지 3세도 죽었다. 큰아버지 조지 4세는 즉위 후에도 부인
이 왕비의 호칭을 못 받게 하려고, 부인이 영국에 들어오지도 못하도
록 갖은 애를 썼다. 조지 4세에게 적통이 있다 해도 왕위는 까마득해
보였다. 다행히 할아버지의 둘째 아들이었던 요크 알버니 공작 프레더
릭 오거스트는 프로이센의 프레데리카 샬로트 공주와 결혼했지만 자

165

녀 없이 사망해버린 후였다. 하지만 아직 셋째 숙부도 있었고, 숙부가 낳을지도 모르는 나의 사촌들도 있었다.

내 나이 열한 살, 조지 4세가 결국 자녀 없이 사망했다. 할아버지의 셋째 아들 클래런스 공작 윌리엄 헨리가 윌리엄 4세가 되었다. 정부였던 도로시아 조단과 10명의 자녀들을 두었지만, 아델레이드 공주와 급하게 한 정략결혼에서 얻은 두 딸은 모두 돌을 넘기지 못하고 죽었다. 윌리엄 4세보다 서른 살이나 어렸던 왕비는 그 이후로 10년간 임신소식조차 없었다. 윌리엄 4세가 왕위에 오를 당시 나이 65세, 아이를 갖기엔 늦은 나이였다. 그렇게 난 왕위계승 서열 1위가 되었다.

어린 시절, 모두들 날 '드리나Drina'라고 불렀다.
작은 공주라는 뜻이었다.
하지만 어머니는 꼭 '빅토리아Victoria'라고 불렀다.
이미 공주였던 내가
공주의 신분에서 멈출까봐 두려워서였다.

조지 4세가 이부 언니인 페오도라 공주와 재혼하려고 했을 때도 어머니는 재빨리 움직였다. 언니는 전 남편이 다스리던 영지로 쫓겨나 강제로 약혼을 해야 했다. 언니가 내 경쟁자가 될지도 모르는 아기를 낳을까봐 겁이 나서였다. 어머니는 누구든 내 왕위계승 서열을 위협하는 건 용납하지 못했다. 그게 손자라할지라도.

빅토리아 여왕의 어머니 켄트 공작부인
조지 헤이스터 작품, 1835년

어머니는 날 여왕으로 만들기 위해서라면
어떤 일이든 할 수 있었다.
아니, 어떤 일이든 해냈다.

어머니는 시댁이었던 왕실과 사이가 좋지 않았고, 나도 친가 쪽 사람들과 어울리지 못하게 했다. 어머니는 일부러 내게 영어를 가르치지 않았다. 난 세 살 때까지 어머니의 모국어인 독일어만 사용했다. 그래도 다행히 윌리엄 4세는 조카인 나를 무척 귀여워해서 켄싱턴궁에 사는 것도 허락해주었다. 하지만 어머니는 윌리엄 4세를 '섹스에 미친 동물'이라 욕하며 윌리엄 4세의 사생아인 휘츠 클레렌스까지 노골적으로 무시했다. 내가 윌리엄 4세와 만나는 것을 방해하는 것으로도 모자라, 켄싱턴궁 윌리엄 4세의 방을 자기 방으로 만들어버렸다.

난 과보호를 받으며 자랐다. 삼촌들에게 납치되거나 암살될 위험이 있기 때문이었다. 특히 어머니는 컴벌랜드 공작을 무서워하고 경계했다. 할아버지의 다섯 째 아들인 컴벌랜드 공작은 나만 죽으면 왕위계승서열 1위가 될 수 있었다. 그래서 난 한 번도 혼자 있어 본 적이 없었다. 그런데도 항상 외로웠다.

어머니의 정부인 존 콘로이는 내 아버지처럼 굴며 언제나 내 주위를 맴돌았다. 하지만 내 아버지를 '여자와 술만 아는 형편없는 인간'이라고 욕하는 콘로이를 좋아할 수는 없었다. 그나마 외삼촌이자 전 사촌 형부인 레오폴드가 근처에 살며 자주 놀러와 주는 게 유일한 즐거움이었다. 하지만 내가 12살이 되던 해, 레오폴드 외삼촌은 벨기에 국왕으로 즉위하기 위해 날 떠났다.

어머니의 과보호는 더 심각해졌다. 잠도 어머니의 침실에서 어머니와 같이 자야 했다. 어머니가 만든 켄싱턴 시스템이라는 규칙은 날 보호하기 위해서가 아니라 감시하기 위한 거였다. 난 바보가 아니었다. 어머니는 전남편이 죽고 나서 랑겐부르크 섭정으로 있었던 시절을 그리워했다. 내가 열여덟 살이 되기 전에 즉위하게 되면 어머니가 섭정으로 나라를 다스릴 수 있었다.

어머니가 원하는 건
내가 여왕이 되는 것이 아니라,
어머니가 모후가 되는 것이었다.

난 매일 빌었다. 윌리엄 4세가 내가 열여덟 살이 될 때까지만 살아있길. 윌리엄 4세도 매일 입버릇처럼 말했다. 내 어머니가 섭정이 되는 것이 싫어서라도 나의 열여덟 살 생일날까지는 살아남을 거라고. 국왕은 그 정도로 어머니를 싫어했다. 드디어 열여덟 살 생일이 되었다. 윌리엄 4세는 사경을 헤맸지만 숨은 쉬고 있었다. 어머니와 콘로이는 생일선물 대신 서약서를 내밀었다. '나는 성인이 되었지만 아직 부족한 점이 많기 때문에 섭정이 필요하다. 따라서 즉위 후에는 콘로이를 개인비서로 삼겠다.' 서명하라고 펜까지 쥐어주는 그들을 피해 도망쳐야만 했다. 그들의 권력에 대한 집착에 치를 떨며 외진 곳에 숨어 혼자서 성년이 되는 날을 보냈다.

열여덟 살이 되고 26일이 지난 후, 아침 6시에 어머니가 날 깨웠다.

캔터베리 대주교와 코닝엄 경이 찾아왔다고 했다. 나는 침대에서 일어나 간단히 가운만 걸치고 거실로 갔다. 코닝엄 경은 윌리엄 4세가 새벽 2시 12분에 서거했다고 엄숙하게 보고하였다. 그리고 '여왕폐하'라고 말하며 내 앞에 무릎을 꿇었다.

나는 마침내 여왕이 되었다.
난 그 자리에서 무릎을 꿇고 성서를 펼쳐 기도했다.
"주님, 제가 영국의 여왕이 되면
당신의 말씀대로 통치하게 해주소서."

대관식 후, 난 어머니를 버킹엄 궁전 구석방으로 쫓아내고 존 콘로이도 연금을 주어 퇴직시키고 미국으로 유배했다. 외삼촌 레오폴드에게도 정치에 간섭하지 말라고 내각을 통해 정중한 경고를 보냈다.

마침내 혼자가 될 수 있었다.
난 모든 걸 할 수 있는 여왕이었다.
하지만 난 어떻게 나라를 다스려야 하는지도,
나라를 위해 무엇을 해야 하는지도 모르는 여왕이었다.

어머니는 섭정을 할 욕심에
나에게 군주가 되는 법이 아닌 순종하는 법만 가르쳤다.

"주님, 제가 영국의 여왕이 되면
당신의 말씀대로 통치하게 해주소서."

빅토리아 여왕의 대관식
조지 헤이스터 작품, 1838년 6월 28일

게다가 나라의 사정은 그리 좋지 않았다. 프랑스와의 전쟁이 끝난 후 불어 닥친 경제공황, 심각한 빈부 격차, 노동자들의 권익 요구인 차티스트 운동……. 관심도 없었고 이해도 되지 않는 문제들을 들고 수많은 사람들이 날 찾아왔다. 다행히 수상인 멜버른 경은 내 곁에서 성심껏 일을 도왔다. 난 내각의 보고서를 한 구절, 한 글자까지 면밀히 검토했다. 새벽부터 밤늦게까지 쉴 틈 없이 이어지는 일정이었지만 힘들지 않았다. 나는 항상 '거대함'을 안고 모든 일을 수행했다. 그러나 그 거대한 일이 그렇게도 좋을 수 없었다.

국정에 익숙해지며 난생 처음 얻은 자유를 조금씩 즐길 여유도 생겼다. 하지만 의회는 날 가만히 두지 않았다. 이미 왕위계승 문제로 골치가 아플 만큼 아팠던 의회는 내가 즉위하기 전에도 틈만 나면 내 결혼을 재촉했었다. 배우자 후보 1순위는 외사촌이며 독일계 왕족인 작센 코부르크 고타의 알버트 공작이었다. 어머니와 레오폴드 외삼촌이 강력하게 미는 사람이었다.

하지만 난 어머니가 싫어서 어머니가 원하는 알버트도 싫었다. 윌리엄 4세도 어머니를 싫어했기에 살아 있는 동안 나를 알버트가 아닌 다른 누군가와 결혼시키고 싶어 했다. 윌리엄 4세가 원한 내 배우자는 네덜란드 윌리엄 2세의 차남 알렉산더였다. 알렉산더가 날 방문했다는 소식에 레오폴드 외삼촌은 알버트를 재빨리 내게 보냈다.

알버트는 눈부시게 핸섬했다. 평범하게 생긴 네덜란드의 알렉산더와는 비교할 수 없었다. 난 알버트를 보자마자 완전히 반해버렸다 동갑인데도 알버트는 나보다 사려 깊고 어른스러웠다. 인물, 철학, 예술, 음악을 사랑했고 모르는 것이 없었다. 찰스 디킨스의 소설을 즐겼고, 서커스와 밀랍 전시회를 후원했으며, 크리스마스 트리를 만드

알버트
프란츠 자버 빈터할터 작품, 1842년

알버트는 눈부시게 핸섬했다.
난 알버트를 보자마자 완전히 반해버렸다.

는 법도 알려주었다. 알버트와 난 운명이었다. 우린 머리카락의 색깔도 같았다. 우리가 세상에 나올 때 도와주었던 산파도 같은 사람이었다. 그의 파란 눈, 그의 붉은 입술, 그의 하얀 치아…… 알버트와 함께 한 일주일은 내 생애 가장 떨리는 순간이었다. 그의 눈길, 그의 상냥함…… 그리고 며칠 후 알버트와 헤어질 날 나는 내 생애 가장 슬픈 눈물을 흘려야 했다.

난 레오폴드 외삼촌에게 알버트를 보내줘서 고맙다고 편지를 썼다. 여왕으로 즉위한 후에는, 알버트에게 편지를 보내기도 했다. 앞으로 내가 중요한 일을 맡길 테니 모든 면에서 열심히 공부하라고 당부하는 내용이었다. 하지만 몇 년의 시간이 흐른 뒤 그 떨림도, 그 눈물도, 기억나지 않았다.

오랜만에 그때의 일기장을 펼쳐보았다. 일기장엔 '알버트'라는 이름으로 가득했다. 미친 듯이 그어져 있는 밑줄이 우스웠다. 내가 진심을 다해 좋아하는 사촌 알버트. 사춘기에 겪는 열병일 뿐이었다.

난 몇 년간 결혼하고 싶지 않았다. 결혼해서 왕위계승자를 낳는 게 여왕의 의무라는 건 나도 알았다. 하지만 겨우 얻은 자유를 놓치고 싶지 않았다. 게다가 정략결혼 따위는 싫었다. 나도 동희처럼 예쁜 사랑을 하고 싶었다. 그러지 못할 바에야 엘리자베스 여왕처럼 독신으로 사는 게 나을 것 같았다.

하지만 헤이스팅스 사건[5], 침실 위기[6]를 겪으며 조금씩 마음이 흔들렸다. 날 붙들어줄 누군가가 절실히 필요했다. 멜버른 경이 옆에 있었지만 무언가 허전하고 모자란 기분이 들었다. 내가 매일 멜버른 경과 승마를 하고, 멜버른 경에게 윈저성에 있는 아파트 한 채를 주었다는 소식에, 신문기자들은 나를 '미세스 멜버른'이라 불렀다. 레오폴드 외삼촌은 그 기사를 보고 놀라서 알버트를 보내겠다고 통보했다. 외삼촌은 재혼 후에 얻은 자기 자식들에겐 관심도 없으면서, 나에게는 언제나 촉각을 곤두세우고 있었다. 사실 나도 썩 기분이 좋진 않았다. 아무리 멜버른 경이 좋은 사람이라고 해도 나보다 40살이나 많은 홀아비와 연결되는 건 싫었다.

알버트의 방문날짜가 다가올수록
나의 첫사랑이,
이젠 희미해졌다고 생각했던 감정들이,
되살아나기 시작했다.

아직도 그는 예전처럼 멋있을까? 아니면 예전보다 더 멋있어졌을까? 하루가 알버트에 대한 의문으로 시작됐고, 알버트에 대한 의문으로 끝났다. 그가 날 사랑할까? 난 이미 알버트를 사랑하고 있는 것 같았다.

하루가 알버트로 가득 찰수록 자신감이 줄어들었다. 난 155센티의 작은 키에 그다지 예쁜 얼굴도 아니었다. 알버트는 나를 '친한 친구

같은 사촌'이라 평했다고 했다. 게다가 레오폴드 외삼촌의 압력에도 알버트는 여러 번 영국방문을 미뤘다. 알버트의 사랑을 얻지 못할까봐 초조했다. 알버트의 사랑을 얻어도 우리의 사랑이 해피엔딩이 아닐까봐 불안했다.

난 여왕이었다. 나에게 '나'라는 1인칭은 없었다. 대신 '여왕'이라는 3인칭만이 존재했다. 난 한 번도 '나'라는 입장에서 판단하고 선택할 수 없었다. 의회, 내각, 국민들은 알버트를 좋아하지 않았다. 외국인이라는 것도 싫은데, 하필이면 진저리치게 싫어하는 독일인이었고, 대영제국과는 달리 이름도 들어본 적 없는 작은 공국 출신에, 격이 맞지 않는 낮은 신분도 싫은데, 그는 가난하기까지 했다. 첫눈에 반한 사랑에 흔들리는 건 내가 아니라 영국이라는 나라였다.

알버트를 마주하고도 흔들리지 않도록 마음의 준비를 하기엔 아무리 긴 시간도 부족했다. 하지만 알버트와 결혼하기로 결정하는 데는 알버트를 마주한 순간만으로도 충분했다. 그와의 결혼에 따르는 문제들과 맞서 싸우려 마음의 준비를 하기에 5일이란 시간은 오히려 길었다.

월요일 아침,
난 수상에게 결혼을 통보했다.
그리고 화요일 아침,

난 알버트에게 청혼했다.

영국여왕에게 청혼할 정도로 건방진 남자는 없으니까.

"당신이 내 청혼을 받아들여준다면 행복할 거예요."

알버트의 승낙은 당연했다.

영국여왕의 청혼을 거절할 정도로

멍청한 남자는 없으니까.

청혼을 받으며 기뻐할 수 있는 자유도, 청혼을 승낙하며 사랑을 믿을 수 있는 권리도, 여왕인 내게는 허락되지 않았다. "내가 사랑받을 수 있는 존재일까요?" 처음으로 평범한 여자이고 싶었던 순간, 알버트는 내 앞에 무릎을 꿇었다. "몸과 마음을 다 바쳐 영원히 당신의 노예가 되겠소." 처음으로 평범한 여자여서 행복했던 순간, 난 두 팔을 벌려 그를 껴안았다.

영국의회법에 의하면 군주의 배우자는 영국시민이어야 했다. 알버트는 나와 결혼하기 위해 나라를 버리고 영국시민으로 귀화했다. 그리고 100여 일 후, 순수와 순결을 상징하는 하얀 색 드레스를 입고 난 알버트와 결혼했다.

하지만 결혼은 현실이었다. 스무 살 동갑이던 우리는 매일 싸웠다. 나는 밤새도록 노래하고 춤을 추다 해가 뜨는 것을 바라보며 잠드는 게 좋았다. 하지만 알버트는 밤 10시에는 반드시 잠자리에 들었다. 난

빅토리아와 알버트의 결혼식
조지 헤이스터 작품. 1840년 2월 10일. 제임스궁의 왕실예배당.

빅토리아가 순수와 순결을 상징하는 하얀색 웨딩드레스를 입은 후,

이젠 결혼식에서 흰 웨딩드레스를 입는 것이 거의 전통이 되었다.

화가 치밀어오르는 순간 고래고래 소리를 실렀지만 알버트는 화를 삭이며 입을 닫아버렸다. 알버트의 침묵에 내 고함소리가 커지면 알버트는 자리를 피해 달아났고, 난 그런 알버트를 끝까지 쫓아가며 싸움을 해야 직성이 풀렸다.

예상했던 문제들이 하나 둘 터져나오기 시작했다. 의회는 알버트에게 귀족 작위를 주는 것도 반대했고, 알버트를 상원의원으로 삼는 것도 거절했다. 알버트의 호칭을 국왕의 배우자를 뜻하는 King Consort로 하자는 내 제안도 부결되었다. 국왕 배우자에게 주는 연간 지원금도 5만 파운드에서 3만 파운드로 삭감해버렸다. 결국 전하라 불리게 되었는데도 알버트는 의연했다.

"내게 영국의 귀족 작위는 필요 없소. 난 이미 작손공국의 왕자라는 지위를 가졌소. 그건 요크공작이나 켄트공작보다 높은 지위라고 생각하오."

의회는 단순히 알버트가 맘에 들지 않아서 그러는 게 아니었다. 알버트의 정치활동을 미리 막기 위해서였다. 그래서 나도 끝까지 의회와 맞서지 않았다. 난 알버트에게 어떤 관직도 맡기지 않았다. 물론 그의 책상은 내 책상과 나란히 놓여 있었다.

하지만 알버트가 하는 일은 내가 일어나기 전에 그날 결재할 서류의 내용을 요약하고, 내가 서류에 서명하면 압지를 눌러 잉크가 번지지 않도록 하는 게 전부였다. 그렇게 단순하고 보잘것없는 일을 하기에 알버트의 능력은 너무 뛰어났다. 아무리 어려운 내용의 서류라도 쉽게 이해하고 내게 설명해줄 정도였으니까.

알버트는 자유진보적이고 계몽적이었지만, 정치적 판단은 신중했고 사회를 보는 안목도 높았다. 결국 나도 인정할 수밖에 없었다. 나보다 알버트의 정치적 식견이 뛰어나다는 걸. 그래도 알버트에게 공식적인 직함을 주지 않았다. 왕의 배우자는 왕실 재산관리를 하는 게 관례인데도 그것조차 허락하지 않았다. 아버지가 생전에 남긴 빚을 아직도 갚아야 하는 내 신세를 알리고 싶지 않았기 때문이다. 덕분에 알버트가 아무런 힘도 없이 처가살이를 하는 불쌍한 신세라는 소문까지 나돌았지만, 난 모른 척 했다. 내가 사랑하는 이들이 나를 이용해 권력에 접근하려는 일은 다시 용납하고 싶지 않았다. 내 사랑이 배신으로 돌아와 내가 상처 입는 일은 다시 겪고 싶지 않았다.

그러던 어느 날, 알버트는 갑갑한 자신의 처지 때문에 쌓였던 화가 폭발했는지 사소한 말다툼을 한 후 서재 문을 걸어 잠근 채 틀어박혀 버렸다. 온종일 식사도 거르고 아무도 들이지 않았다. 결국 내가 가서 노크를 했다.

"누구시오?"
"영국 여왕입니다."
아무런 대답이 없어서, 난 다시 노크를 했다.
"누구시오?"
"빅토리아입니다."
문은 열리지 않았고, 난 다시 노크를 했다.
"누구시오?"

"당신의 부인입니다."

그제야 문이 열렸다.

알버트의 몇 가지 안 되는 단점 중 하나였다. 게르만 특유의 강한 고집. 언제나 나 때문에 꺾이긴 하지만, 당연히 나 때문에 꺾을 고집을 부리는 것도 그의 고집이었다. 그 고집이 우습다고 생각한 순간, 깨달았다. 그제야 깨달았다. 세상에서 유일하게 나와 맞서 싸울 수 있는 사람이 알버트라는 것을. 평범한 사람들은 자신의 편을 들어줄 사람을 원한다. 하지만 난 여왕이었다. 내 편을 들어줄 사람은 세상에 수없이 많았다. 내 의견에 반대하는 사람조차 내 앞에서는 무릎을 꿇었다.

내 눈치를 보지 않고 내 의견에 반대하는 주장을 할 수 있는 사람도, 내 잘못을 당당하게 지적해줄 수 있는 사람도, 알버트밖에는 없었다. 오로지 알버트뿐이었다. 그렇게 난 알버트를 조금씩 믿기 시작했다.

그리고 결혼한 이듬해 6월, 정신병자 에드워드 옥스퍼드는 마차를 타고 가던 우리를 향해 두 발의 권총을 쏘았다. 알버트는 목숨을 걸고 임신 중이던 날 보호했으며, 근위병을 지휘해 저격범을 체포했다. 비로소 난 그를 완전히 믿게 되었다. 임신과 출산이 반복되면서, 난 점점 더 알버트에게 의지했다.

알버트는 날 대신하여 사절단을 맞이하기도 했고, 런던 박람회를 기획하고 추진해 대성공을 거두었다. 멜버른 수상이 실각한 뒤에는 알버트가 중요사안에 대해 초안을 쓰게 하고 내가 고쳤다. 바빠서 고칠 시간이 없을 때는 알버트가 쓴 초안을 그대로 베껴 보내버리기도 했다. 결국 국무회의 때면 언제나 알버트와 함께했다. 알버트는 휘그당에 치우쳤던 내 정치적 시각을 바로잡아주었고, 의회 내에서의 당파 싸움에 중립을 지킬 것을 권고했다. 덕분에 휘그당과 토리당의 양당제가 자리를 잡을 수 있었다.

혁명은 전염병처럼 유럽 전역으로 퍼지고 있었다. 혁명 때문에 군주들이 쫓겨나는 일도 생겼다. 하지만 영국에서는 절대 그런 일이 없었다. 난 민중들이 더 이상 못 참고 봉기하기 전에 국민의 요구를 수용하고, 개혁을 실천했다. 알버트의 권유 덕분이었다.

그리고 마침내 알버트는
정치적 권력마저 포기하라고
나를 설득하기 시작했다.
"군림하되 통치하지 않는다."
왕은 군주의 위임과 권위,
카리스마만 가지면 된다고 했다.

정치적 권력이 클수록 혁명으로 왕위에서 쫓겨날 확률도 컸다. 나도 알고 있었다. 하지만 그 권력을 이용해 국민을 위한 일을 할 수도 있었고, 국민의 사랑을 받을 수도 있었다.

난 기존의 왕이 누렸던 모든 걸 버렸다. 화려한 왕관을 벗고 평민의 옷을 입었다. 아이들은 소박한 음식에 반찬투정을 하고, 인색한 난방에 감기가 들기도 했다. 그래도 난 평민처럼 절제하며 살았다. 하지만 권력에 대한 미련만은 버리기 힘들었다. 알버트는 나를 정치와 떼어놓으려 스코틀랜드의 발모랄 성으로 자주 여행을 갔다. 그와 함께 있고 싶었던 나도 런던을 떠날 수밖에 없었고, 조금씩 정치와는 거리가 멀어져 입헌군주제가 발전할 수 있었다.

21년이 넘는 결혼생활 동안 알버트가 고향을 방문했던 단 두 번을 빼고 그는 항상 나와 함께였다. 그나마 한 번은 알버트의 아버지 장례식 때문이었다.

국민들도 알버트를 믿고 따르기 시작했다. 왕세자가 성인이 되기 전에 내가 사망하면 알버트를 섭정으로 삼겠다는 법도 통과되었다. 하지만 그는 독일인이었다. 국민들은 그를 완전히 믿지 못하고, 끊임없이 의심했다. 크림 전쟁이 일어나자, 알버트는 국가기밀 누설로 제일 먼저 조사를 받았다. 억울한 누명에, 국가반역죄로 런던탑에 감금되었다는 허위 신문기사에, 끊임없이 상처 입어야 했다. 그래서였을까? 알버트에게는 항상 가족이 먼저였다.

알버트의 아버지는 난잡하고 방탕한 생활을 하면서도 아내를 무시

183

하고 푸대접했다. 시어머니 루이제는 왕실 장교였던 알렉산더 폰 한 슈타인 백작과의 스캔들로 이혼당하고 궁전에서 추방되었다. 시아버지는 자신의 조카와 곧바로 재혼했다. 뷔르템버그의 앙투아네트 마리 공주는 알버트의 사촌에서 계모가 되었다. 하지만 새어머니는 아버지보다 더 알버트에게 무관심했다. 결국 한슈타인 백작과 결혼해 파리로 떠났던 어머니는 얼마 지나지 않아 암으로 죽었다. 알버트가 4살 때였다.

얼굴조차 기억나지 않는 어머니가 그에겐 상처였다.
사랑받지 못했던 어린 시절이
그는 아직도 아팠다.

알버트는 모든 집안일과 육아를 손수 챙겼다. 가사를 전담한 레젠 남작부인과 충돌하는 건 당연했다. 어린 시절, 레젠 남작부인은 콘로이와 어머니에 대한 내 비난을 하루 종일 들어주고 맞장구쳐주던 가정교사였다. 그 힘든 시절을 함께한 사람이었기에 내 신뢰는 깊었고, 레젠 남작부인은 궁에서 수상과 맞먹는 권력을 지닐 수 있었다. 하지만 알버트는 레젠 남작부인이 나와 어머니를 이간질했다며 남작부인을 '못된 용'이라고 비난했다. 계속되는 둘의 싸움에 지치고 짜증났다. 결국 난 알버트 마음대로 하라며 둘 사이에서 빠져버렸다. 승자는 뻔했다. 알버트는 맏딸의 돌이 지난 후, 레젠 남작부인을 해고하고 이 얼굴조차 기억나지 않는 어머니가 그에겐 상처였다.
사랑받지 못했던 어린 시절이
그는 아직도 아팠다.

빅토리아와 가족들
칼데시 & 몬테치 작품, 1857년 5월 26일, 오스본.

듬해에는 영국에서 영원히 추방했다.

알버트는 거기서 더 나아가 어머니와 화해하라고 닦달했다. 결국 난 이번에도 알버트에게 졌다. 솔직히 난 어머니와 화해를 한 게 아니라 알버트의 고모와 화해를 한 거였다.

아이들에게 엄격한 나와 달리 알버트는 언제나 자상한 아버지였다. 임신도 출산도 나에겐 혐오스러웠다. 전쟁 발발 소식에도 눈썹 하나 꿈쩍하지 않는 나를 놀라게 하는 유일한 소식이 바로 '임신'이었다. 아기들은 다리를 쫙 벌린 못생긴 개구리같이 추했다. 게다가 출산의 고통은 끔찍했다. 다행히 마지막 두 번은 마취제를 처방받을 수 있어 견딜 만했다. 그래도 아홉 명의 아이를 낳은 것은 임신과 출산도 여왕의 의무이기 때문이었다.

아이들은 성가시고 귀찮았다. 아이를 돌보는 하찮은 일은 하고 싶지도 않았다. 그게 내가 낳은 아이라도 마찬가지였다. 보다 못한 어머니가 나에게 아이들을 잘 챙기라고 잔소리를 했다. 난 화가 나서 쏘아붙였다. "어머니는 나 하나만 보살피면 됐잖아요." 그리고 속으로 덧붙였다. '어머니는 여왕이 아니었잖아요.' 알버트는 이미 포기한 지 오래였다. 맏딸 비키가 열에 들떠 있는데도 내가 신경조차 쓰지 않았던 그때부터. 빅토리아와 알버트는 똑똑하고 책임감 있는 비키가 남자로 태어나지 않을 걸 내내 아쉬워했다고 한다. 게다가 비키는 젊은 나이에 과부가 된 불쌍하고 안타까운 딸이었다.

내게 어머니의 역할을 강요하는 대신 알버트는 스스로 어머니의 역할까지 맡았다. 그래서였는지 비키가 결혼해 프러시아로 떠날 때, 눈물을 흘린 건 친정어머니인 내가 아니라 알버트였다. 아홉 명의 아이를 낳느라 81개월이나 임신해 있었다고 매일 투덜거렸지만 그 아이들을 성년이 될 때까지 보살피고 키워서 결혼을 시키는 건 알버트의 몫이었다.

나이를 먹을수록 눈부시게 핸섬했던 알버트의 모습은 사라져갔다. 숱이 풍성하던 머리카락은 거의 다 빠져버렸고. 점점 살이 쪄 배는 불룩하게 임산부처럼 부풀었고, 날렵하던 턱은 탄력을 잃고 이중으로 늘어졌다. 하지만 여전히 알버트는 내가 가장 사랑하는, 나와 싸워줄 수 있는 유일한 사람이었다. 결혼 후 17년 만에 난 알버트에게 Prince Consort, 군주의 배우자라는 호칭을 수여할 수 있었다.

어머니를 조금씩 이해하고, 어머니를 겨우 사랑하게 되었을 때, 어머니는 내 곁을 떠났다. 어머니의 유품을 정리하다 노트 몇 권을 발견했다. 내 어린 시절의 기록이었다. 내 작은 습관까지 자세하게 적어놓은 노트를 보며 어머니를 버려두었던 내 자신이 미워서, 나에 대한 어머니의 사랑이 슬퍼서 많이도 울었다. 난 모든 공적 활동을 접고 드러누워 버렸다.

알버트는 지병인 위장장애에 마차충돌사고 후유증까지 겹쳐 아픈

빅토리아 여왕과 맏딸 비키 공주
1845년. 은판사진

데도 나를 대신해 대부분의 공무를 수행하였다. 이런 상황에서도 장
남인 에드워드는 여배우 넬리 클리프든과 스캔들을 일으켰다. 어린
시절에도 공부는 안 하고 말썽만 피웠던 아들이었다. 에드워드를 여
배우와 떼놓기 위해 케임브리지 대학으로 보냈다.

불행은 멈추지 않았다. 알버트와 친하게 지내던 사촌 포르투갈의 페드로 5세가 장티푸스로 세상을 떠나자 그는 크게 상심했다. 그래도 알버트는 나를 대신해 육군사관학교를 시찰하러 갔다. 돌아온 알버트는 비에 젖어 있었다. 감기에 걸린 알버트는 쿨럭이면서도 공무를 수행했다. 하지만 에드워드는 내 명령을 어기고 넬리 클리프든과 여전히 만나는 것으로도 모자라 신문을 스캔들로 얼룩지게 했다. 난 왕세자의 자격이 부족하다며 야단을 쳤고, 에드워드는 여왕이 아닌 어머니를 보고 싶다며 맞받아쳤다. 결국 에드워드는 궁전에서 나가 케임브리지 별장으로 가버렸다. 그 나이에 어머니와 싸우고 가출하다니 기가 막혔다.

결국 알버트가 나설 수밖에 없었다. 에드워드를 설득하기 위해 먼 길을 무리해 여행한 후, 알버트의 감기는 심각할 정도로 증세가 악화되었다. 의사들은 이미 폐의 기능까지 망가져 있다고 했다. 그러면서 해준 처방은 겨우 브랜디를 마시라는 거였다. 난 사경을 헤매는 알버트의 옆을 지켰다.

결국 알버트는 마흔두 살이라는 젊은 나이에,
그렇게 어이없이 나를 떠나갔다.

이제 나를 빅토리아라고 불러줄 사람은 아무도 없었다! 나도 국민들도 울었다. 검은 상복을 입고, 검은 테가 둘려진 종이에, 알버트에 대한 회고록을 쓰기 시작했다.

알버트의 사진을 넣은 목걸이를 하고, 침대 머리맡에도 알버트의 사진을 걸어놓았다. 한 손은 알버트의 손 모양을 본 뜬 석고상을, 다른 한 손은 그의 셔츠를 붙잡은 채 잠이 들었다. 난 알버트와 합장할 수 있도록 큰 석관을 만들라고 했다.[7] 알버트가 사용하던 방은 평소처럼 그대로 보존토록 했다.[8] 알버트는 전부터 자신의 사후에 자기를 기념하는 건축물이나 기념상을 세우지 말라며 당부했다. 하지만 난 영국각지에 조각상을, 켄싱턴궁 부근에는 알버트 기념관을 설립해 알버트가 좋아하던 미술품과 가구와 소품으로 채웠다.[9] 그리고 난 에드워드를 더 많이 미워하게 되었다. 알버트가 죽은 건 에드워드 때문이었다. 어떤 일을 해도 알버트를 향한 그리움을 떨칠 수는 없었다.

나를 위해 노래를 작곡하고,
내가 노래할 때 피아노 반주를 해주던 알버트와 함께
행복한 내 삶도 떠나갔다.
나와 카드놀이를 해서 이겼다고 좋아하고,
내가 내는 수수께끼를 맞히려고 기를 쓰던 알버트와 함께
세상도 나로부터 멀어져갔다.

난 궁전 깊숙한 곳에 홀로 처박혀 울기만 했다. 처음에는 이해하던 국민들도 내 무관심에 지쳐갔다. 내가 할아버지 조지 3세처럼 미쳐버렸다는 소문도 퍼졌다. 디즈레일리 수상의 설득으로 공식석상에 나서기 시작했지만, 정치에서는 완전히 손을 뗐다. 다른 미망인들이 하듯

알버트 공 흉상 앞에서 빅토리아 여왕과 앨리스 공주
1862년 3월

이 '종마'[10]를 가까이 두기도 했다. 하지만 알버트의 빈자리는 누구도 채울 수 없었다.

앨리스는 그런 날 돌봐주려 애썼다. 하지만 앨리스는 헤센에 시집 간 뒤 디프테리아로 죽어버렸다. 난 베아트리스에게 기댔다. 딸은 어머

191

니의 가장 좋은 친구였다. 베아트리스마저 다른 나라 왕자와 결혼해 내 곁을 떠나는 건 싫었다. 하지만 언제까지나 베아트리스의 결혼을 미룰 수는 없었다. 자식들은 그렇게 하나 둘 결혼을 하고 내 곁을 떠났다. 하지만 손자들은 늘어갔다. 옛날에는 그렇게 싫었던 아이들이 이젠 귀여웠다. 손자들의 응석을 받아주는 게 그나마 웃을 수 있는 유일한 순간이었다. 손자들이 자랄수록 나는 늙어갔다.

난 내 장례식을 군인장으로 치루라고 미리 못박아두었다. 아버지는 태어난 지 얼마 되지도 않은 나를 군대 훈련과 사열에 데리고 다닐 정도로 철저한 군인이었다. 그리고 아버지는 육군 원수로 생을 마감했다. 난 군주의 딸이 아니라 군인의 딸이었다.

어느 날부터 점차 기억을 잃어가기 시작했다.
알버트와의 행복했던 순간들도,
자식 넷을 먼저 보냈던 상처의 시간들도,
점점 흐려졌다.
결국 말하는 법도 잊어버렸다.
그래도 행복했나.
기억을 잃을수록 알버트에게 갈 날이 다가왔으니까.

빅토리아 여왕 장례행렬
아들 에드워드 7세와 외손자인 독일 황제 빌헬름 2세가
관의 바로 뒤에서 여왕을 따르고 있다.
빌헬름 2세는 1차 세계대전 후 퇴위하고 네덜란드로 망명하였다.

그리고 1901년 1월 22일,
난 하노버 왕가의
마지막 군주로 잠들었다.

빅토리아와 알버트의 사랑, 그 후 이야기

빅토리아와 알버트의 주요 업적

노예 제도 철폐, 교육 개혁, 공중위생과 노동조건 개선, 선거법 개정, 아프가니스탄 전쟁, 크림 전쟁, 남아프리카 전쟁, 중국전쟁, 대전시회 개최 등이 있다.

빅토리아와 알버트의 이름이 남은 곳

런던 빅토리아 알버트 미술관, 로열 알버트 홀, 프린스 콘소트 도서관, 호주의 빅토리아주, 짐바브웨와 잠비아사이의 빅토리아 폭포, 아프리카의 알버트 호수, 캐나다 사스카치완 주의 프린스 알버트 시, 왕립예술가협회가 수여하는 알버트 메달, 영국 육군 중에서 4개 연대 부대명(프린스 알버트 직속 제11경기병 연대, 프린스 알버트 경보병 연대, 프린스 알버트 근위기병 연대, 프린스 콘소트 소총여단), 캐나다의 빅토리아데이 등이 있다.

지구 육지의 4분의 1을 지배하는 가장 넓은 식민지를 가져서 '해가 지지 않는 나라'라는 별칭이 붙었던 시대, 'United Kingdom of

Great Britain and Northern Ireland'라는 정식국명에서 'Great'라는
단어가 가장 잘 어울렸던 시대, 그 시대를 우린 빅토리아 시대라고 부
른다.

한 시대에 자신의 이름을 가져다 쓰게 만들었던 그녀, 빅토리아는
영국 역사상 가장 오래 집권하며 장수를 누렸다. 국민들이 가장 사랑
하는 군주였고, 아홉 명의 자녀들의 사랑을 받은 어머니이기도 했으
며, 한 남자의 헌신적인 사랑을 받은 여인이기도 했다.

그들의 사랑으로 태어난 자녀들은 전 유럽의 왕족들과 혼인했고,
세월이 흐를수록 그들의 후손도 늘어났다. 영국이 2번의 세계대전과
그 후 냉전을 그나마 쉽게 극복할 수 있었던 이유 중 하나도 모든 유
럽 왕실과 친인척 관계에 있었기 때문이라는 분석도 있다. 빅토리아의
후손으로 현재 군주인 사람은 영국 여왕 엘리자베스 2세, 스페인 국왕
후안 카를로스 1세, 스웨덴 국왕 칼 16세, 노르웨이 국왕 하랄 5세[11]가
있다. 그렇게 그녀는 아직도 이 지구를 지배하고 있다. 정말 그 이름처
럼 '승리'만이 가득한 인생처럼 보인다.

그녀는 모든 걸 이미 가지고 있었다. 부, 권력, 명예……. 그녀는 타
인이 꿈꾸는 대상이었다. 하지만 그녀도 꿈을 가지고 싶었을 것이다.
아름다운 사랑을 하고, 설레는 청혼을 받는 모든 여자들이 간직한
꿈……. 그녀는 다른 모든 것을 가진 대신 그 꿈을 포기해야만 했다.

더 많이 가졌다는 이유만으로 어쩌면 더 많이 불행할 수도 있던 인생이었다. 그녀가 사랑해서 선택했던 알버트였지만 그렇기 때문에 그녀는 그의 사랑을 확신할 수 없었을 것이다. 그의 사랑을 얻기 위해 여왕의 자존심을 굽힐 수도 없었을 것이고 그의 자존심을 짓밟아 사랑을 확인해볼 기회도 없었을 것이다. 그러나 현명하게도 그녀는 타협하는 방법을 배웠다. 다행스럽게도 그녀는 알버트를 믿는 방법을 깨달았다.

여왕인 그녀의 인생에도 불행은 있었다. 가장 넓은 식민지를 가졌다는 것은 가장 많은 식민지전쟁을 치렀다는 뜻이기도 했다. 승리한다고 해도 전쟁의 상처는 남았다. 게다가 전 유럽이 혁명의 소용돌이에 휘말리는 상황이었다. 여왕으로 살아왔던 시간을 송두리째 짓밟힐 수도 있다는 불안감과 여왕임을 포기할 수 없다는 고집으로 매일매일 초조했을 터였다.

행복한 순간에는 그 누구와든 행복할 수 있다. 하지만 어렵고 힘든 시기, 불행하다고 느끼는 순간에는 그 어떤 소중한 이가 곁에 있어도 불행을 떨치기 힘들다. 자신이 느끼는 시련과 역경이 상대방까지 불행하게 만들어버리기 때문이다. 그래서 사랑이란 어렵고 힘든 시기를 헤쳐 나가야 진정하다고 말하는 것이리라. 그래서 빅토리아와 알버트의 사랑이 위대할 수 있었다. 그들은 고난으로 사랑을 더욱 견고히 했고, 죽도록 잊지 못할 그리운 사랑으로 완성시킨 부부였다. 불처럼 뜨겁게 타오르는 사랑으로 시작된 결혼이 아니더라도 신뢰와 이해가 덧입혀지다보면, 오랜 시간을 거치면서 더욱 견고한 사랑으로 변해간다.

사랑이란 운명적인 것이지도 하지만 서로의 노력으로 완성되어가는 것이기도 하다. 그런 사랑이 화르르 타오르는 사랑만큼 뜨겁지는 못하더라도, 그 온기는 아주 오랜 시간동안 식지 않는 것이다. 빅토리아와 알버트의 사랑처럼……

당신이 나를 사랑해야 한다면
오로지 사랑만을 위해서 사랑해주세요.

그리고 부디
그녀의 미소 때문에
그녀의 아름다운 모습 때문에
그녀의 부드러운 말씨 때문에
그리고 또한
힘들 때 편안함을 주는 그녀의 생각 때문에
내 맘에 꼭 드는 재치로 내게 기쁨을 주었기 때문에
그녀를 사랑해한다고 말하지 마세요.

사랑하는 이여!
이런 것들은 그 자체가 변하거나
당신 마음에 들기 위해서도 변할 수 있습니다.
그리고 그렇게 얻은 사랑은
또 그렇게 잃을 수도 있는 법이지요.

내 뺨에 흐르는 눈물을
닦아주고픈 연민 때문에 날 사랑하지도 말아주세요.
당신의 위안을 오래 받으면 눈물을 잃어버리고
그러면 당신의 사랑도 잃어버리겠지요.

오직 사랑만을 위해서 날 사랑해주세요.
사랑의 영원함으로
나에 대한 당신의 사랑 오래 오래 지닐 수 있도록.

엘리자베스 브라우닝

오직 사랑을 위해서만
사랑해주오

Elizabeth Browning

and Robert Browning

엘리자베스 브라우닝
1806년 3월 6일 ~ 1861년 6월 29일

〈엘리자베스와 로버트〉

나는 네 살부터 시를 쓰기 시작했고, 8살 때 호메로스의 작품을 그리스어로 읽었다. 열네 살 때 서사시 〈마라톤의 전쟁〉을 발표했으며, 워즈워스의 뒤를 이을 계관시인의 후보로 꼽히는 시인이었다. 내게 인생은 보랏빛 꿈처럼 달콤하게만 보였다.

열다섯 살, 말을 타다 떨어져 척추를 다쳤다. 겨우 부상에서 회복될 무렵, 기침과 감기가 악화되어 결핵이 되었고, 가슴의 동맥마저 터졌다. 진료를 하러 온 의사들마다 처방은 달랐지만, 그리 오래 살지 못한다는 결론은 똑같았다. 침대에서 가장 멀리 갈 수 있는 곳이 겨우 거실의 소파였다. 난 그렇게 내 작은 집 안에 갇혀버렸다. 내 병간호를 해주던 나의 유일한 친구, 엄마의 사랑으로 그나마 견딜 수 있었다.

하지만 엄마는 사라진 내 꿈처럼 갑자기 세상을 떠났다. 아버지는 엄마의 빈자리를 나로 채우려고 했다. 난 아버지가 골라준 옷을 입고,

엘리자베스 브라우닝

그렇게 서른아홉 해를 살아냈다.
하지만 난 여전히 연애 한 번 못해본
노처녀였다.

아버지가 하는 썰렁한 농담에 웃어야 했다. 아버지가 원하는 대로 얌
전하고, 순종적이며, 남자에게 봉사하는 딸이 되어주었다. 내가 증오
하는 빅토리아 시대의 여성상이었지만 상관없었다. 어차피 시한부 인
생이었다. 아버지뿐만 아니라 어린아이와도 싸울 수 없을 만큼 내 몸
은 약해져 있었다.

무언가를 얻기 위해 싸울 필요가 없었다. 그걸 얻기도 전에 내가 죽
어버릴 테니까. 밝고 명랑한 희망 따위는 필요하지 않았다. 런던시 윔
폴가 작은 집의 거실, 소파에 앉아서, 난 죽음을 기다리고 있었다. 하

루는 책을 읽고, 하루는 시를 쓰면서……

그렇게 서른아홉 해를 살아냈다. 내 또래의 여자들은 모두 이미 다 자란 아이들을 거느리고 있었다. 이미 손자를 본 친구들도 있었다. 하지만 난 여전히 연애 한 번 못해본 노처녀였다. 아니, 노처녀라고 부를 수조차 없는 나이였다. 사랑을 꿈꿀 힘도 없었고, 사랑을 꿈꾸기엔 너무 지쳤다. 그래도 가끔 사랑이 그리울 때면, 책과 연애를 하고 시와 사랑을 나누었다. 두 권의 시집을 펴낸 뒤, 편지가 한 통 도착했다.

온 마음을 다해
당신의 시를 사랑합니다.
당신의 시는 내 속으로 들어와
나의 한 부분이 되었습니다.
온 마음을 다해
당신의 시집을 사랑합니다.
그리고 온 마음을 다해 사랑합니다.
당신을……

로버트 브라우닝

단순한 팬레터라고 생각했다. 조금 열정적인 팬레터일 뿐이라고 생각했다. 그래도 생애 처음으로 받은 사랑고백에 행복해 답장을 했다.

곧바로 답장이 왔다. 난 재빨리 답장을 썼다. 그렇게 우린 날마다 편지를 주고받기 시작했다. 어떤 날은 몇 번씩 편지를 쓰는 날도 있었다. 편지를 받을 때마다, 조금씩 그가 내게 다가왔다.

　로버트 브라우닝은 나보다 여섯 살이 어렸다. 그는 열두 살 때 바이런의 시를 읽었고, 열네 살 때 셸리의 무신론에 감화되어 종교를 버렸으며,《맵 여왕》을 읽고 채식주의자가 되었다. 답장을 쓸 때마다 조금씩 그에게 빠져들기 시작했다.

　그의 모습을 상상하며 하루를 보냈다. 내 상상 속에서 로버트는 펜싱시합 후 승리에 환호했고, 권투시합으로 땀에 젖어 숨을 몰아쉬기도 했다. 어느 날부터인가 상상 속 그의 옆에는 내가 있었다. 그와 함께 춤을 추고, 그가 연주하는 피아노 반주에 맞춰 노래를 부르고, 그와 함께 말을 타고 초원을 달리고 있었다.

　그대를 생각하고 있습니다!
　포도덩굴이 나무에 감기듯,
　제 생각은 그대에게 감겨서
　새싹처럼 돋아나고 넓은 잎으로 자라납니다.
　이젠 무성해져버린 잎에 숲조차 가려져버렸습니다.
　그저 무성한 잎밖에는 아무것도 보이지 않습니다.

　나의 종려나무여!

기억해주세요.

보다 더 사랑스럽고,

보다 더 좋은 그대 말고는

제 생각을 바치지 않을 겁니다.

강건한 나무인 그대의 모습을 다시 보여주세요.

그대의 나뭇가지를 살랑살랑 흔들어 줄기를 보여주세요.

그대를 감싼 이 푸른 잎을 떨어뜨리세요.

쿵, 푸른 줄기가 터져 부서지게 하세요.

온 세상에!

그대의 모습을 보고,

그대의 목소리를 듣고,

그대의 그림자 아래에서 신선한 공기를 들이마시는

이 심오한 환희 속에서 전 그대를 헤아리지 않을 테니까요.

그대 곁에 너무나 가까이 있기에.

편지가 늘어갈수록 가슴이 통증이 아닌 설렘으로 떨렸다. 고통스러운 날에 조금씩 웃음이 들기 시작했다.

환상을 벗 삼아 살아왔습니다.

오래 전부터 전

남자나 여자 대신에 환상을 벗 삼아 살아왔습니다.

그들이 내게 들려준 음악은

그 어느 것보다 달콤했습니다.

상냥한 벗들이었지요.

하지만 언젠가부터

그들의 음악이 점점 변했습니다.

그들의 흐려져 가는 눈빛 속의 나 또한

지치고 눈멀어가고 있었습니다.

바로 그때 그대가 왔습니다.

그들과는 착각처럼 느껴지던 사랑이

그대와는 진실이라 느껴졌습니다.

그들의 노래, 그들의 환희보다,

그대는 더 빛났습니다.

성스러운 보석처럼.

그대는 부족한 것들을 채워주셨고,

제 영혼을 소유하였습니다.

신의 선물은
제 가장 귀중한 꿈을 부끄럽게 만들었습니다.

시를 써보라는 내 권유에 로버트는 그제야 고백했다. 자신이《폴린》의 작가라고, 그 작품을 출간할 때는 필명을 썼다고 했다. 처음에는 고개를 갸웃했다. 그리고 내 안의 뭔가가 와르르 무너져내렸다. 가슴의 동맥이 다시 터진 것처럼 아파왔다.

《폴린》에 대한 평은 그리 좋지 않았다. 유명한 비평가인 존 스튜어트 밀은 작가가 자신의 감정과 병적인 자의식을 강렬하게 드러내는 데 작품을 이기적으로 이용했다고 공격했다. 하지만 난 그 젊은 시인의 불안과 열정에 매료되었다. 그래서 〈시〉에서 그 작품을 칭송하는 시를 썼다. 그러니까 첫 편지에서 로버트가 했던 사랑고백은 결국 고마움의 다른 표현일 뿐이었다.

한 번 더 사랑한다고 말해주세요.
다시 되풀이해 말해주세요.
그리고 다시 한 번만 더,
당신이 진정으로 저를 사랑한다고 말해주세요.

비록 반복하는 그 말이 당신에게는
'뻐꾸기 노랫소리'에 불과하더라도.
정녕 그렇더라도.

그 어떤 언덕이나 평원에도,
그 어떤 계곡이나 나무에도,
'뻐꾸기의 노랫소리' 없이는
초록빛으로 뒤덮이는 싱그러운 봄은
결코 오지 않는다는 것을
기억해주세요.

사랑하는 이여.
어둠의 한 가운데서,
회의로 가득 찬 제 영혼의 목소리가
의심으로 고통스러워하며 울며 애원하고 있습니다.
한 번만 더 말해주세요.
당신을 정말로 사랑한다고!

하늘을 떠다니는 별이 아무리 많다고 해도
사계절 내내 피는 꽃이 아무리 많다고 해도
두려워하는 사람은 없답니다.

말해주세요, 그대여.

사랑한다고, 사랑한다고, 사랑한다고.

은빛 종을 울리듯 되풀이해주세요.

침묵 속에서도 영혼으로 말해주세요.

사랑한다고 말해주세요.

오랫동안 날 감싸고 있었던 불행과 절망이 날 다시 아프게 했다. 하지만 편지의 숫자는 573통. 난 이미 그와 사랑에 빠져 있었다. 로버트 때문에 숨을 쉬고, 로버트 때문에 살아갈 수 있었다. 사랑은 보랏빛이었다. 그 몽롱함, 현실과 상상의 경계에 있는 꿈의 색깔이었다. 꿈이라도 상관없었다. 깨지 않는다면.

엘리자베스,

당신의 따뜻한 마음속에 내가 숨 쉬게 되었습니다.

당신은 당신이 나의 내면에 들어와서 숨 쉬고 있다고 했지만

그것은 결코 우연의 일치가 아닙니다.

아마도 그런 것을 두고 필연이라고 하는지 모르겠습니다.

사랑하는 엘리자베스,

어떠한 불운이, 어떠한 슬픔이 우리의 앞길에 놓일지라도

오로지 최선을 다하여 그것을 극복하며 살아가는 것만이
우리 앞에 남아 있다고 생각됩니다.

사랑하는 엘리자베스,
오늘은 그믐밤이라 어둡습니다.
바람이 싸늘합니다.
따뜻한 잠자리에서, 포근한 꿈속에서 저를 만나주세요.

로버트는 나와 직접 만나고 싶어 했다. 나도 그를 만나고 싶었다.
하지만 그가 도망갈까 무서웠다. 난 못생긴데다, 주름이 눈에 거슬릴
정도로 늙었고, 남과 어울리기 힘든 특이한 성격이었으며, 걸어서 집
밖으로 나가는 것조차 힘든 장애인이었다. 난 이 핑계, 저 핑계를 대며
만남을 거절했다.

저에게서 볼 만한 것은 아무것도,
저에게서 들을 만한 것은 아무것도 없어요.

제가 쓴 시가 저의 꽃이라면
저의 나머지는 흙과 어둠에 어울리는 한낱 뿌리에 불과해요.

하지만 로버트는 물러서지 않았다. 난 내가 시한부선고를 받았다

로버트 브라우닝

그가 한번 왔을 때,

그는 영원히 가지 않았다.

는 말까지 했다. 하지만 그는 끈질겼다.

그대여 사랑해주지 않으시렵니까.

그대의 사랑이 지속되는 한

언제까지나 기다리고 있겠습니다.

죽음이란 아무것도 아니랍니다.

그대여, 사랑해주지 않으시렵니까.

결국 그의 끈질김에 나도 두 손을 들었다. 사실 그를 만나보고 싶은 내 마음이 더 컸다. 늦은 봄, 마침내 로버트가 우리 집을 방문했다.

그가 한번 왔을 때, 그는 영원히 가지 않았다. 내 걱정과 달리 로버트는 날 보고도 도망가지 않았다. 오히려 나에게 청혼했다.

참으로 그러할까요?
제가 이 자리에 누워 죽고 만다면
제가 없어서 그대는 생의 기쁨을 잃으실까요?
무덤의 습기가 제 머리를 적신다고
당신에게 햇빛이 차가울까요?

그러하리란 그대의 글을 읽었을 때
그대여, 저는 놀랐습니다,

저는 그대의 것이오니
그렇다면 그대를 위해
죽음의 꿈을 버리고
삶의 낮은 경지를 다시 찾겠습니다.

사랑하는 그대여!
저를 바라보소서,
제 얼굴에 더운 숨결을 뿜어주소서.

사랑을 위하여 재산과 계급을 버리는 것을
지혜로운 여인들이 이상히 여기지 않는 것 같이
저는 사랑을 위하여 제 무덤을 버리겠습니다.

그리고 눈앞에 보이는 고운 하늘을
그대 계신 이 땅과 바꾸겠습니다.

그렇게 난 로버트의 청혼을 받아들였다.

아버지는 길길이 날뛰며 결혼을 반대했다. 반대하는 이유도 다양했
다. 로버트는 은행 사무원 아버지를 둔 평범한 집안 출신이며, 정규교
육을 거의 받지 못했으며, 런던대학도 첫 학기 도중 그만두었다. 가족
의 돈으로 인쇄되고 공연된 작품들은 모두 실패했으며 아직도 부모
와 함께 살고 있다. 로버트의 인생 전체가 실패라며 아버지는 그를 비
웃고 무시했다.

하지만 로버트의 부친은 책을 좋아하는 교양인이었으며 그의 집 서
재에는 6000권이 넘는 서적이 있었다. 로버트는 아버지로부터 그리스
어와 라틴어의 기초를 배웠고, 대학이 아닌 세계 각지를 여행하며 인생
을 익혔다. 하지만 난 그 말들을 삼켰다. 아버지는 로버트가 싫은 게
아니라 내가 결혼하는 게 싫은 거였나.

1846년 9월, 우린 비밀리에 결혼했다. 로버트의 친구와 내 하녀만이

증인으로 참석한 초라한 결혼식이었다. 그래도 내 생애 가장 행복한 순간이었다. 며칠 후, 아버지가 방심한 틈을 타 우린 이탈리아 피사로 도망쳤다. 내 나이 마흔이었다. 철저한 도시인이었던 로버트는 나를 위해 시골에서 사는 것을 택했다. 이탈리아 피렌체의 카사구이디에 신혼집을 꾸몄다. 난 가끔 외출하는 로버트의 주머니에 몰래 시를 넣어 두었다.

사랑하는 그대여!
그대는 황량한 대지에 쓰러져 있던 절 일으켜주셨고,
물결치는 머릿결 사이로 생명의 입김을 불어넣으셨습니다.
당신의 입맞춤으로 전 다시 구원받고 소망의 빛을 발합니다.

모든 천사들이 지켜보고 있습니다.
그대여, 나만의 그대여,
세상이 사라졌을 때 제게 오신 그대.
오로지 하나님만을 쫓던 제가 그대를 알게 되었지요.

그대를 찾았기에
저는 강하고 안전하고 기쁠 수 있었습니다.
이슬 내리지 않는 천상의 꽃 사이에 서 있는 이가
천상의 지루한 시간을 되돌아보듯

저도 부푼 가슴으로

여기 선과 악 사이에 서서 맹세합니다.

사랑은 죽음처럼 강하나 생명을 불어넣기도 한다는 것을.

로버트는 내 시에 대한 답장으로 꽃다발을 안겨주었다. 특별히 치료를 받지 않는데도 병은 점점 나아졌다. 네 번의 유산 끝에, 아들 로버트까지 낳을 수 있었다. 로버트와의 삶은 그렇게 매순간이 기적이었다.

난 로버트에 대한 내 사랑을 노래한 소네트를 묶어 시집《포르투갈인을 위한 소네트》를 출판했다. 편집자는 제목에 있는 '포르투칼인'에 고개를 갸웃했다. 난 너무 개인적인 톤을 감추기 위해서라고 변명했다. 실은 로버트가 날 부르는 애칭이었다. little Portuguese(작은 포르투갈인). 내 살결은 포르투갈인처럼 검은 편이었다. 비평가들도, 독자들도 반응이 좋았다. 로버트는 셰익스피어 이래의 대작이라고 칭찬을 했다.

로버트를 사랑하는 난, 로버트의 사랑을 받는 난, 하루하루의 삶이 시처럼 아름다웠고 풍요했다. 하지만 로버트는 결혼 뒤부터는 거의 시를 쓰지 않았다. 낮에는 스케치를 하거나 점토모형을 만들고 밤에는 사교 클럽에서 시간을 보냈다.

읽는 시간을 따로 떼어두어라.

말년의 로버트 브라우닝

로버트와의 삶은 그렇게
매순간이 기적이었다.

그것은 지혜의 샘이기 때문이다.

웃는 시간을 따로 떼어두어라

그것은 영혼의 음악이기 때문이다.

사랑하는 시간을 따로 떼어두어라.

그것은 인생이 너무 짧기 때문이다.

그렇게 읽고, 웃으며, 사랑하면서도 로버트는 글쓰기를 주저했다. 가끔은 미안했다. 사람들은 로버트를 '브라우닝 여사의 남편'이라고 불렀다. 그 호칭에 내가 민망해하면 로버트는 당연하다며 활짝 웃었다. "당신은 유명한 시인이고, 난 극히 소수의 사람들도 잘 모르는, 평가들에게 쥐어뜯기는 시만 쓰는 실험시인이니까." 하지만 난 로버트의 재능을 믿었다. 로버트는 나보다 훨씬 더 천재적인 작가였다. 언젠가는 내가 '로버트 브라우닝의 부인'으로 불릴 날이 있을 거라 믿었다. 그런 천재가 나를 사랑한다는 게, 나만을 사랑한다는 게, 믿을 수 없는 꿈처럼 느껴졌다.

내가 그대를 얼마나 사랑하느냐고요?
한번 헤아려보겠습니다.

제가 그대를 사랑함에 있어,
진실한 존재의 목적과 영원한 은총의 아름다움을 찾기 위해
제 영혼이 닿을 수 있는 마지막까지 도달했을 때
그 깊이와 그 넓이와 그 높이까지
그 보이지 않는 저 너머의 끝까지
당신을 사랑합니다.

제가 그대를 사랑함에 있어,

태양 밑에서나 또는 촛불 아래서나
나날의 얇은 경계까지도
당신을 사랑합니다.
하루 중 가장 고요한 순간,
우리가 느끼지 못하지만 우리에게는 없어서는 안 될,
그 필연적인 순간까지도
당신을 사랑합니다.

제가 그대를 사랑함에 있어,
권리를 위해 투쟁하는 사람처럼 거칠 것 없이 자유롭게
정의를 추구하는 사람처럼 순결하게
당신을 사랑합니다.

제가 그대를 사랑함에 있어,
사람들이 자신을 향해 쏟아지는
찬사로부터 뒤돌아서는 겸손한 마음을 가지듯,
경건하고 순수하게
당신을 사랑합니다.

제가 그대를 사랑함에 있어,
어린 시절 제게 드리워졌던 오랜 슬픔 속에서도

굳게 지켰던 신앙처럼 뜨겁게
당신을 사랑합니다.

제가 그대를 사랑함에 있어,
이미 저 너머로 가버린 성자들과 함께 사라져버린,
잃어버린 줄로만 알았던 사랑의 감정으로
당신을 사랑합니다.

제가 그대를 사랑함에 있어,
제 모든 숨결과,
사랑스러운 웃음과,
기뻐하고 힘들어하면서 흘렸던 눈물과,
그리고 제 모든 삶을 다 바쳐서
당신을 사랑합니다.

그리고 만약,
신께서 경건한 세계에 제가 들어가도록 허락하신다면,
저는 죽음 후에도,
당신을 더욱 더 사랑할 것입니다.

아들이 태어난 뒤 사촌 존 케니언이 돈을 보내주었고, 그가 죽은 후에 유산을 물려받긴 했지만 큰 돈은 아니었다. 아무리 내가 유명한 시인이라고 해도 수입은 적었다. 우리는 항상 가난에 허덕였다. 그래도 행복했다. 그와 함께 책을 읽을 수 있었고, 그와 함께 글을 쓸 수 있었다. 그래서 행복했다. 그를 사랑할 수 있었고, 그의 사랑을 받을 수 있었다. 그와의 행복한 15년 후, 난 그의 품에서 마지막 숨을 몰아쉬며 말했다.

"아름다웠어요."

로버트는 나에게 꿈과 기적 사이의 어떤 것이었다.

난
그 꿈과 기적 사이에서
행복하게 눈을 감았다.

엘리자베스와 로버트의 사랑, 그 후 이야기

엘리자베스가 죽은 해 가을에 로버트 브라우닝은 어린 아들을 데리고 런던으로 돌아왔다. 가장 먼저 한 일은 아내가 쓴 《최후의 시들 Last Poems》의 출판 준비였다. 처음에는 사람들과 어울리기 꺼려했지만 서서히 사교모임에도 나가기 시작했다. 엘리자베스는 상대방을 의식하면서 독백하는 형식인 극적독백수법을 확립한 시로 당대 최고의 작가로 인정을 받았다. 반면에 로버트 브라우닝은 작가로 데뷔하긴 했지만 혹평만 받았으며, 경제적 능력도 많이 부족했다.

하지만 아이러니하게도 사후에 이들의 입장은 뒤바뀐다. 로버트는 《반지와 책》 출판을 계기로 '엘리자베스 브라우닝의 남편'이라는 수식어를 떼고 문인으로 자리 잡았으며, 웨스트민스터 사원에 묻힐 정도로 대단한 작가가 되어버렸다. 반면에 엘리자베스는 작품보다는 로버트와의 사랑과 그에게 보낸 시로 기억되고 있다.

엘리자베스와 로버트 브라우닝의 사랑이 조명을 받기 시작한 건 1933년 버지니아 울프의 소설 《플러시》가 출간되면서부터이다. 플러시는 엘리자베스와 로버트 부부가 기르던 개 이름으로, 소설은 그 개의 관점에서 묘사된다. 버지니아 울프의 소설답게 개의 족보까지 언급하는 방대한 서술을 하기도 하지만, 버지니아 울프의 소설답지 않은 말랑말랑한 소재 때문에 뉴욕타임즈 베스트셀러에 오를 정도로 가장 대중적으로 성공한 작품이기도 했다.

사랑은 편지와 비슷하다. 사랑은 다소 불편하고, 천천히 흘러가도 상관없다. 사랑은 몇 번이나 지웠다 다시 쓰는 정성이나 답장을 기다리는 인내심도 필요하다. 그리고 보이지 않는 상대에 대한 절대적 믿음과 무조건성이 기본이다. 볼 수 있는 상대라면 편견이 들어갈 수밖에 없다. 하지만 편지라면 편견 없이 그 사람의 내면과 사랑에 빠질 수 있다. 그래서 그런 사랑은 더 강할 수 있다.

엘리자베스와 로버트의 사랑도 그랬다. 문학계 최고의 사랑답게 그들의 사랑은 글로 시작되었다. 그리고 나이 차이, 장애, 질병, 집안의 반대, 가난……, 수많은 방해물을 가볍게 뛰어넘었다.

누군가는 감성적인 시인이었기에 가능했던 사랑이라고 했다. 그건 사실과 조금 다르다. 우린 엘리자베스를 달콤한 사랑의 시라는 작품으로 접했지만 사실 그녀는 사회, 정치, 역사, 전통 등에 대해 비판하는 작품을 더 많이 썼으며 사회운동가로도 유명했다. 《오로라 리 Aurora Leigh》에서는 여성교육의 문제점을 비판하며 남녀평등을 부르

짓고, 《아이들의 절규》에서는 아동의 노동력 착취 문제를 다루었다. 로버트 브라우닝도 과거 역사 속에서이긴 했지만 사회문제에 관해 글을 썼다. 어쨌든 두 사람 모두 논리적이고, 진취적이며, 저항적이고, 혁명적인 작가들이었고, 두 사람이 주고받은 연서나 서로를 위해 쓴 시와는 정반대되는 작품들이 많았다.

　사랑의 힘은 인간을 바꾸고, 그 인간이 쓰는 작품마저도 뒤바꾸었으며, 그 인간의 삶까지 바꾸었다. 그리고 그렇게 변한 그들의 삶 때문에 우리의 삶도 변한다. 사랑의 힘은 그래서 위대하다.

　우리는 모두 사랑을 이야기하지만 사랑을 하기는 쉽지 않다. 우린 항상 주저하고 망설이다 사랑을 놓치고, 사소한 이유로 사랑을 버린다. 사실 우리 주위에서 진정한 사랑을 만나기는 쉽지 않다. 모두들 '미운 정' 때문에, '자식' 때문에 함께하는 거지 '사랑'해서 함께하지는 않는다. 모두들 죽도록 사랑했던 기억은 잊고 죽도록 이별하고 싶은 기억만 되새긴다. 사랑을 시작할 때는 아무리 힘들고 어려운 일이 있더라도 끝까지 이 사랑을 지켜나가겠다고 다짐을 하지만 시간이 지날수록 그 사랑의 기억은 희미해지고 퇴색되어 간다.

　하지만 우리 주위의 사랑은 99%에 불과하다. 어딘가에 있을 1%의 사랑은 장애물을 뛰어넘고 진정한 사랑을 얻는다. 그 1%의 사랑도 현실이다.

1%를 바라보며 꿈꾸는 삶은 허무하고, 절망적이며, 회의로 가득 찬데다 좌절로 끝나기 마련이다. 그래도 1%의 사랑을 꿈꾸며 눈물을 흘리며 아파하는 사람이 되자. 그 1%의 기적을 기도하며 참고 견디자. 비록 축복이 아닌 저주로 끝나는 희망일지라도……

연보
참고자료
주

프리다 칼로와 디에고 리베라의 일생

1886년 12월 8일 디에고 리베라, 멕시코 과나후아토에서 출생.

1896년 디에고 리베라, 산카를로스 미술원 입학.

1907년 7월 6일 프리다 칼로, 멕시코 코요아칸에서 출생.

　　　　　디에고 리베라, 정부 장학금으로 유럽 유학.

1914년 디에고 리베라 귀국, 미술가협회를 결성.

1921년 프리다 칼로, 국립예비학교에 입학.

1922년 디에고 리베라, 공산당에 입당.

1923년 디에고 리베라, 국립예비학교의 벽화 작업.

　　　　　프리다와 디에고, 만남.

1925년 9월 17일 프리다, 교통 사고.

1926년 프리다, 첫 그림 〈자화상〉을 완성.

1929년 8월 21일. 프리다와 디에고, 결혼.

1930년 프리다와 디에고, 미국으로 이주.

1933년 프리다와 디에고, 멕시코로 귀국.

1938년 프리다, 뉴욕의 줄리앙 레비 화랑에서 첫 개인전.

1939년 프리다와 디에고, 이혼.

1940년 12월 8일 프리다와 디에고, 재결합.

1941년 코요아칸의 푸른 저택에 정차.

1953년 프리다, 멕시코에서 첫 개인전.

1954년 7월 13일 프리다 칼로 사망.

1957년 11월 25일 디에고 리베라 사망.

가네코 후미코와 박열의 일생

1902년 2월 3일 박열, 문경에서 출생. 본명은 박준식

1903년 1월 25일 가네코 후미코, 요코하마시에서 출생.

1912년 가네코 후미코, 충북으로 이주.

1919년 3.1운동. 가네코 후미코, 귀국. 박열, 동경으로 유학.

1920년 가네코 후미코, 동경으로 상경.

1922년 가네코 후미코와 박열 동거 시작.

1922년~1923년 흑도회, 불령사 설립.

1923년 9월 3일 보호검속.

      10월 20일 치안 경찰법위반 혐의로 기소.

1924년 2월 15일 폭발물단속벌칙위반 혐의로 추가 기소

1926년 2월 26일 대심원에서 제1회 공판.

      3월 23일 도쿄 우시고메 구청에 혼인신고서 제출.

      3월 25일 대심원, 사형 판결.

      4월 5일 은사에 의해 무기징역으로 감형.

      4월 6일 박열 치바형무소로 이감.

      4월 8일 가네코 후미코, 우쓰노미야형무소로 이감.

      7월 23일 가네코 후미코, 자살.

1945년 10월 27일 박열 석방.

1950년 6월 28일 박열 납북.

1974년 1월 17일 박열 사망

버지니아 울프와 레너드 울프의 일생

1880년 11월 25일 레너드, 영국 켄싱턴에서 출생.

1882년 1월 25일 버지니아, 영국 켄싱턴에서 출생.

1895년 버지니아, 어머니의 죽음으로 첫 정신이상 증세 보임.

1907년 블룸즈버리 그룹 결성.

1912년 버지니아와 레너드, 결혼.

1917년 호가스 출판사 설립

1941년 3월 28일 버지니아, 영국 서섹스에서 실종 후 시체로 발견.

　　　　　유작 〈막간 Between the Acts〉 출간.

1969년 8월 14일 레너드, 영국 서섹스에서 사망

버지니아 울프의 작품

1905년 버지니아, 〈타임〉지 문예비평 기고

1915년 처녀작 〈출항 The Voyage Out〉

1919년 〈밤과 낮 Night and Day〉, 평론 〈현대소설론〉

1922년 〈제이콥의 방 Jacob's Room〉

1923년 톨스토이의 〈사랑의 편지〉 번역

1924년 〈베넷씨와 브라운 부인〉

1925년 〈댈러웨이 부인 Mrs. Dalloway〉, 〈일반독자 The Common Reader〉

1927년 〈등대로 To the Lighthouse〉

1928년 〈올란도 Orlando〉

1929년 〈자신만의 방 A Room of One"s Own〉

1931년 〈파도 The Waves〉

1932년 문예평론집 〈일반 독자 제2편 The Common Reader : Second Series〉

1933년 엘리자베스 브라우닝의 전기〈플러시 Flushie〉

1937년 〈세월 The Years〉

1938년 〈3기니 Three Guineas〉

1942년〈나방의 죽음 The Death of the Moth〉

1958년〈화강암과 무지개 Granite and Rainbow〉

레너드 울프의 작품

1913년 〈정글에서 The Village in the Jungle〉

1914년 〈현명한 처녀 The Wise Virgins〉

1916년 〈국제 정치 International Government-

1917년 〈콘스타니노플의 미래 The Future of Constantinople〉

1918년 〈협력과 산업의 미래 Cooperation and the Future of Industry〉

1920년 〈경제 제국주의 Economic Imperialism 〉

〈제국과 아프리카의 상업 Empire and Commerce in Africa〉

1921년 〈사회주의와 협력 Socialism and Co-operation 〉

1925년 〈두려움과 정치 Fear and Politics〉

1927년 〈정치, 문학, 역사에 대한 에세이 Essays on Literature, History,
　　　　Politics〉, 〈Hunting the Highbrow〉

1928년 〈제국주의와 문명 Imperialism and Civilization〉

1935년 〈Quack! Quack!〉

1939년 〈게이트에서 채찍질Barbarians At The Gate 〉

1940년 〈평화를 위한 전쟁 The War for Peace〉

1967년 〈레너드 울프가 선택한 위안의 캘린더 A Calendar of Consolation -
　　　　selected by Leonard Woolf〉

오노 요코와 존 레논의 일생

1933년 2월 18일 오노 요코, 도쿄에서 출생

1940년 10월 9일 존 레논, 리버풀에서 출생

1956년 오노 요코, 작곡가 이치야나기 토시와 결혼

1962년 오노 요코, 이치야나기 토시와 이혼.

       존 레논, 신시아 파웰과 결혼.

       비틀즈, 〈Love Me Do〉로 데뷔.

1963년 오노 요코, 안토니 콕스와 결혼.

1964년 오노 요코, 〈Grapefruit〉로 데뷔.

1966년 오노 요코와 존 레논, 만남

1968년 오노 요코와 존 레논, 〈Bagism〉 공연.

       〈미완성 음악 1번 : 두 처녀 Two Virgins〉 발표.

1969년 오노 요코와 존 레논, 결혼.

       신혼여행지에서 〈Bed In For Peace〉 공연.

1970년 4월 10일 비틀즈 해체

1980년 12월 8일 존 레논, 마크 채프먼에게 저격 후 사망

월리스 심프슨과 에드워드 8세의 일생

1894년 6월 23일 에드워드 8세, 영국 서리 리치먼드에서 출생.

1896년 6월 19일 월리스, 미국 펜실베니아에서 출생.

1916년 월리스, 미 해군대위 얼 윈필드 스펜서 쥬니어와 결혼.

1927년 월리스, 영국 사업가 어니스트 앨드리치 심프슨과 결혼.

1936년 1월 20일 에드워드 8세, 즉위.

1936년 12월 11일 에드워드 8세, 퇴위.

1937년 6월 3일 월리스와 에드워드 8세, 결혼.

1972년 5월 28일 에드워드 8세, 사망.

1986년 4월 24일 월리스, 프랑스에서 사망.

빅토리아 여왕과 알버트 공의 일생

1819년 5월 24일 빅토리아, 런던 켄싱턴 궁전 출생.

1819년 8월 26일 알버트, 작센 코부르크 고타에서 출생.

1837년 6월 20일 빅토리아, 영국 여왕으로 즉위.

1840년 2월 10일 빅토리아와 알버트, 결혼.

1861년 12월 14일 알버트, 영국 버크셔 윈저 성에서 사망.

1901년 1월 22일 빅토리아, 와이트섬 오스번 하우스에서 사망.

엘리자베스 브라우닝과 로버트 브라우닝의 일생

1806년 3월 6일 엘리자베스, 영국 더럼에서 탄생.
1812년 5월 7일 로버트, 영국 캠버웰에서 탄생.
1846년 엘리자베스와 로버트, 결혼.
1861년 6월 29일 엘리자베스, 이탈리아 피렌체에서 사망.
1889년 12월 12일 로버트, 이탈리아 베네치아에서 사망.

엘리자베스 브라우닝의 작품

1826년 〈마음론; 시 Essay on Mind; with Other Poems〉
1833년 〈사슬에 묶인 프로메테우스 Promestheus Bound〉
1838년〈천사들 그리고 시 The Seraphim and Other Poems〉
1844년 〈시집 Poems〉
1850년 〈포르투갈인을 위한 소네트 Sonnets from the Portuguese〉
1851년 〈캐서귀디의 창 Casa Guidi Windows〉
1857년 〈오로라 리 Aurora Leigh〉
1862년 유작 〈최후의 시들 Last Poems〉

로버트 브라우닝의 작품

1833년 〈폴린 Pauline: A Fragment of a Confession〉
1835년 〈파라셀서스 Paracelsus〉
1840년 〈소델로 Sordello〉
1841~1846년 〈방울과 석류 8권 Bells and Pomegranates〉
1855년 〈남자와 여자 Men and Women〉, 〈리포 리피 신부 Fra Lippo Lippi〉,
　　　　〈안드레아 델 사르토 Andrea del Sarto〉
1864년 〈등장인물 Dramatis Personae〉

1868~1869년 〈반지와 책 The Ring and the Book〉

1871년 〈Balaustion's Adventure〉, 〈Prince Hohenstiel-Schwangau, Saviour of Society〉

1872년 〈Fifine at the Fair〉

1873년 〈Red Cotton Night-Cap Country, or, Turf and Towers〉

1875년 〈Aristophanes' Apology〉, 〈The Inn Album〉

1876년 〈Pacchiarotto, and How He Worked in Distemper〉

1877년 〈The Agamemnon of Aeschylus〉

1878년 〈La Saisiaz and The Two Poets of Croisic〉

1879년 〈Dramatic Idylls〉

1880년 〈Dramatic Idylls: Second Series〉

1883년 〈Jocoseria〉

1884년 〈Ferishtah's Fancies〉

1887년 〈Parleyings with Certain People of Importance In Their Day〉

1889년 〈Asolando〉

| 참고자료

구텐베르크 프로젝트
http://www.gutenberg.org/wiki/Main_Page

프리다 칼로
http://www.fkahlo.com/
http://www.fridakahlo.it/
http://www.fridakahlofans.com/

오노 요코 공식 홈페이지
http://www.yoko-ono.com/

존 레논 공식 홈페이지
http://www.johnlennon.com/

영국국가기록원
http://www.nationalarchives.gov.uk/default.htm

영국 왕실
http://www.royal.gov.uk/

한국버지니아울프학회
www.woolf.or.kr/

브라우닝협회
http://www.browningsociety.org/

프리다 칼로 디에고 리베라
르 클레지오 저 | 다빈치 | 2008. 03. 15

프리다 칼로 & 디에고 리베라
르 클레지오 저 | 다빈치 | 2001. 06. 10

나 프리다 칼로
프리다 칼로 저 | 다빈치 | 2004. 02. 01

라이벌 (세계사의 흐름을 바꾼 역사 속 10대 앙숙들)
콜린 에번스 저 | 이종인 역 | 이마고 | 2008. 01. 10

어느 작가의 일기
버지니아 울프 저 | 박희진 역 | 이후 | 2009. 10. 30

버지니아 울프 (위대한 작가들 12)
허마이오니 리 저 | 정명희 역 | 책세상 | 2001. 07. 15

자기만의 방 (세계문학전집 130)
버지니아 울프 저 | 이미애 역 | 민음사 | 2006. 01. 10

가네코 후미코
야마다 쇼지 저 | 정선태 역 | 산처럼 | 2003. 03. 15

사라지지 않는 사람들 (20세기를 온몸으로 살아간 49인의 초상)
서경식 저 | 이목 역 | 돌베개 | 2007. 09. 18

일기 (살아있는 진실)
빅토리아 여왕 저 | 안상수 역 | 지식경영사 | 2003. 11. 05

여왕의 시대 (역사를 움직인 12명의 여왕)
바이하이진 저 | 김문주 역 | 미래의창. 2008. 07. 19

마녀에서 예술가로 오노요코
클라우스 휘브너 저. 솔. 2003. 06. 12

레논 평전
신현준 저. 리더스하우스. 2010. 12. 06

장영희의 영미시산책
장영희 저. 도서출판 비채. 2006

커플 (클라시커 50)
바르바라 지히터만 저 | 박의춘 역 | 해냄출판사 | 2001. 09. 27

세계사의 전설 거짓말 날조된 신화들
리처드 셍크먼 저 | 임웅 역 | 미래M&B | 2001. 04. 30

1) 지금의 에티오피아.

2) 1960년대 초부터 일어난 국제적인 전위예술 운동이다. '변화', '움직임', '흐름'을 뜻하는 라틴어에서 유래했다.

3) 조지 6세. 에드워드 8세의 남동생.

4) 1936년 12월 11일 밤 대영제국의 왕 에드워드 8세가 영국 국영방송 BBC 라디오를 통해 발표한 이임사이다. 한글로 번역하니 꽤 길어졌지만 영문으로는 간결하면서도 많은 내용을 담아내고 있어 놀라울 정도의 문장력에 감탄했다. 세간에서는 이 연설을 윈스턴 처칠이 작성했다는 말도 있다. 처칠은 정치가로 널리 알려졌지만 〈제 2차 세계대전〉으로 노벨문학상을 수상할 정도로 문학성이나 문장력도 뛰어났다.

5) 빅토리아는 휘그당(자유당)을 지지했기 때문에, 토리당(보수당)인 궁중 시녀 플로라 헤이스팅스를 쫓아내고 싶어 했다. 그러던 중 헤이스팅스가 임신했다는 소문을 듣고, 쫓아낼 좋은 기회라고 생각해 강제로 의사의 진단을 받게 했으나 사실이 아니었다. 그 해 말에 플로라가 뜻밖의 질병으로 죽자, 그 죽음이 빅토리아와 관련 있다는 유언비어가 퍼지기 시작했고, 여왕에 대한 여론이 악화되었다.

6) 1839년, 자메이카에 자치권을 주려던 안건이 부결되면서 멜버른 경이 물러나고 토리당 당수인 로버트 필이 수상이 되었다. 그는 여왕의 침실에 출입하는 시녀들이 모두 휘그당인 한 공평한 정치가 이루어질 수 없다며 이들을 모두 쫓아내야 한다고 주장했다. 빅토리아는 이 요구를 거부했으며, 필은 수상직을 포기했고, 멜버른이 다시 그 자리에 임명되었다.

7) 알버트공의 시신은 임시로 윈저성의 성조지 교회에 안치하였다가 1년 후에 프로그모어(Frogmore)로 이전하였다. 화강암 한 덩어리를 가지고 제작한 석관은

훗날 빅토리아 여왕이 합장될 수 있도록 영국에서 가장 큰 규모로 만들어졌다.

8) 윈저성, 버킹엄궁, 와이트섬의 오스본 하우스에서 알버트가 사용하던 방에는 매일 아침마다 세면용 더운 물을 가져다놓도록 했으며 침대 시트를 새로 갈도록 했다. 또한 알버트가 입을 옷도 준비하도록 했다. 빅토리아 여왕이 세상을 떠날 때까지 그렇게 했다고 한다.

9) 일명 꼬인 다리(barley sugar twist 보리 엿 꽈배기)의 앤틱가구는 빅토리아 시대에 생겨났다.

10) 남자 애인을 뜻하는 속어.

11) 영국도 아닌 다른 나라의 국왕이 빅토리아의 후손이 될 수 있었던 이유는 후손들이 왕비가 되었기 때문이다. 맏딸 빅토리아가 독일황제 프리드리히 빌헬름의 왕비가 된 것을 시작으로, 빅토리아의 후손들은 그리스, 러시아, 스페인, 핀란드, 루마니아, 스웨덴 등의 왕비가 되어 그 나라의 왕을 낳았다. 손녀 소피는 그리스 왕 콘스탄티노스 1세의 비였고, 증손녀 엘리사베타는 그리스 왕 게오르기오스 2세의 비였다. 손녀 알릭스는 러시아 황제 니콜라이2세의 비, 에나는 스페인 알폰소 13세의 비, 모시는 핀란드 왕 카를레 1세의 비, 루이즈는 스웨덴 구스타프6세 아돌프의 비였다. 손녀 미시는 루마니아 왕 페르디난드 1세의 비였고, 증손녀 헬렌은 루마니아 카롤 2세의 비였다.

KI신서 3396

사랑, 닿지 못해 절망하고 다 주지 못해 안타까운

1판 1쇄 인쇄 2011년 6월 23일
1판 1쇄 발행 2011년 6월 30일

지은이 최유경
펴낸이 김영곤 **펴낸곳** (주)북이십일 21세기북스
출판콘텐츠사업부문장 정성진 **출판개발본부장** 김성수
프로젝트팀장 정지은 **해외기획** 김준수 조민정
마케팅영업본부장 최창규 **마케팅** 김보미 김현유 강서영 **영업** 이경희 우세웅 박민형
출판등록 2000년 5월 6일 제10-1965호
주소 (우 413-756) 경기도 파주시 교하읍 문발리 파주출판단지 518-3
대표전화 031-955-2100 **팩스** 031-955-2151 **이메일** book21@book21.co.kr
홈페이지 www.book21.com
21세기북스 · 트위터 @21cbook · 블로그 b.book21.com

ISBN 978-89-509-3152-0 03810
책값은 뒤표지에 있습니다.